ヴィという少女

Vi

Kim Thúy

キム・チュイ〔著〕
関未玲〔訳〕

彩流社

目次

※各断章のローマ字およびベトナム語表記は、原著に従って挿入しております。

メコン　CỬU LONG　九匹の龍

家中が沈黙に浸かってしまったとき、私は八歳だった。ダイニング・ルームのアイボリーホワイトの壁に据え付けられた扇風機の下には、鮮赤色の堅く大きな厚紙が貼られていて、三百六十五枚の紙束が収められていた。一枚ごとに、年、月、曜日と二つの日付が示されていた。太陽暦と太陰暦の日付が。椅子によじ登れるようになると、起きてすぐに日めくりを剝がす特権が、私だけに許された喜びとなった。私が、時の見張り番だった。この特権は、長兄ロンと次兄ロックが十七歳になると取り上げられてしまった。私たちが祝うことの無かったこの誕生日を境に、母は毎朝カレンダーの前で涙を流した。母が日めくりを千切るたび、彼女自身が引き裂かれているように思われた。これまで午後の昼寝に誘ってくれた時計のチクタクという音が、突如、時限爆弾のチクタク音へとかわり、鳴り始めた。

私は末っ子で、三人の兄を持つ一人娘だった。ガラス戸の奥に置かれた貴重な香水瓶のように、皆に守ってもらっていた。年齢ゆえに家庭の心配事から遠ざけられていたとはいえ、それでも年長の兄二人が十八歳になった日に、戦場へと出発しなければならないことはわかっていた。ポル・ポトと闘うためにカンボジアへ送られようと、中国との国境へ送られようと、どちらの行き先も彼らに同じ運命を、同じ死を約束していた。

ハノイ　HÀNỘI　川の内側

父方の祖父は、ハノイ大学法学部を「原住民」枠で卒業した。フランスは、植民地の臣民に対する教育に取り組んではいたが、植民地で授与する卒業証書には本国と同じ価値を与えてはいなかった。恐らくそれは、正しかったのかもしれない。というのも、インドシナの生活実情は、フランスと何《なん》ら共通点が無かったのだから。一方で、学校の要求する水準と試験問題に違いは無かった。祖父が繰り返し話していたことには、バカロレアを取得するためには筆記試験を経て、一連の口頭試験をパスしなければならないということだった。フランス語の授業で及第点を取るために、祖父は教師たちの前でベトナム語の詩をフランス語に訳し、さらに別の詩をフランス語からベトナム語に訳さなければならなかった。数学の問題も同様に、口頭で解かなくてはならなかった。究極の試練は、平常心を保ちながら普段通りの力を発揮し、自分の未来を決定してしまう者たちの敵意に立ち向かうことだった。

一切の妥協を許さない教師たちの姿勢も、生徒たちを驚かせることは無かった。知識人が、社会的ヒエラルキーというピラミッドの頂点に君臨していたからである。教師たちはこのヒエラルキーのなかで有識者として席を占め、全人生において自らの生徒に対し「教師」であり続けるのだ。普遍的真理を教師が手にしているのだから、彼らの言葉に疑問を挟むことなど考えられなかった。それゆえ祖父は、教員からフランス風の名前をつけられても、一度たりとも抗議をしたことなどなかった。単にフランス人名を知らなかっただけなのか、あるいは抵抗の行為によるものだったのか、祖父の両親は彼にフランス名を与えなかった。そのため一年ごとに教師がかわるたびに、祖父は新しい名前を持つことになった。アンリ・レ・ヴァン＝アン、フィリップ・レ・ヴァン＝アン、パスカル・レ・ヴァン＝アン……。こうした全ての名前のなかから、祖父はアントワーヌを使い続け、「レ＝ヴァン＝アン」をまるまる名字にしてしまった。

サイゴン　SÀI GÒN　森の街、綿の木

サイゴンに戻ると、父方の祖父は卒業証書を手に人々から尊敬される裁判官となり、大金持ちの地主となった。祖父は羨望《せんぼう》に値する領地と名声の両方を手にした誇りを、子どもたち一人一人に自分の名前を繰り返し与え続けることによって表した。テレーズ・レ＝ヴァン＝アン、ジャンヌ・レ＝ヴァン＝アン、マリー・レ＝ヴァン＝アン……そして私の父であるジャン・レ＝ヴァン＝アン。私とは反対に、父は六人娘のいる家族のなかで唯一の男の子だった。私と同じように、父も末っ子として生まれた。もはや誰も、家督《かとく》を望もうなどとは思わなかった瞬間に。父の誕生は、それまで跡継ぎを産めないと、辛辣《しんらつ》な言葉を浴びせられてきた祖母の生活を一変させた。祖母は、夫にとって唯《ただ》一人の妻でありたいという望みと、二人目の妻を選ばなければならないという責務の間で引き裂かれていたのだ。幸いなことに夫は、フランスの一夫一婦制モデルに倣《なら》った一人であった。あるいはもしかしたら、祖父はただ単に祖母を愛していただけなのかもしれない。その優雅な美しさと

艶やかさとで、コーチシナ中に知れわたっていた女性を。

カイベー　CÁI BÈ　束、苗木の束

ある朝とても早く、陸地と水面に半分ずつ覆われた、メコン川の一支流に位置するカイベーの水上マルシェで、父方の祖母は祖父とすれ違った。一七三二年以来、毎日、商人たちが卸売商と取引するために、三角州のこの場所まで果物や野菜などの収穫物を運んでいる。遠目に見れば、粘土を含んだ水の褐色と混ざり合う木材の色によって、メロンやパイナップル、ブンタン、キャベツ、カボチャを我先にと空中でキャッチするために夜明けから桟橋で待ちかまえている男たちのもとまで、収穫物自体が漂っていくような印象を与えないこともない。今日でもなおこれらの収穫物は、まるで彼らに天から託され、販売されているわけではないとでも言わんばかりに、手作業で大切に出荷されている。祖父が祖母に目を留《と》めたとき、小帆船が停泊する桟橋に立っていた祖母は、この反復され、シンクロした一連の動作に心を奪われていた。祖父のほうはまずは太陽の光に目が眩《くら》み、次に、少しばかり動作が大きくなってしまっただけで、とりわけ思慮のない僅《わず》かな所作ですぐにはだ

けてしまうベトナムドレスのプリーツによって、ことのほか際立ち強調された曲線美を持つこの若き女性に陶然としてしまった。右脇腹に沿って施されたスナップボタンによって裾は閉じているとはいえ、辛うじて留まっているに過ぎず、大きな動作や急な動き一つでチュニックが全開になってしまうことさえある。こうしたわけで、女生徒は不意の不作法を避けるために、ベトナムドレスの下にキャミソールを着用しなければならなかった。しかし何であれ、ドレスの長い二枚の裾が一陣の風に応《こた》えることも、美の力に虚しく抗う心が捕らわれてしまうことも妨げることなどできはしないのだ。

祖父はその罠にはまった。ドレスの裾がふんわりと不規則に揺れるのに目を奪われてしまって、彼は同僚に、この女性と一緒でなければカイベーから戻りはしないとまで宣言した。祖母の手に触れられるまでに、祖父は結婚を約束していた別の女性を辱《はずかし》め、家族の年長者たちからは疎《うと》んじられた。祖父が、長いまつげをしたアーモンドのような切れ長の目に恋をしていたのだと考える人もいれば、果肉のような唇に恋をしたと考える人もいたが、大半は彼女のふっくらとした腰回りに魅惑されてしまったのだと思っていた。メモ帳を胸に抱き締める、そのほっそりとした指に気づいた者はいなかった。その後何十年もの間、祖母の指について事細かに特徴を口にし続けた祖父を除いては。先のほっそりとしたこの滑らかな指が、肌の老化によって途方もない伝説へと生まれ変わり、あるいは辛うじて恋物語になった後も、長らく祖父は祖母の指について語り続けた。

ビエンホア　BIÊN HÒA

祖父母が七人目の子どものために、七点目となるセラミック製品を購入しに訪れたとき、ビエンホア原住民芸術学校は名声の絶頂を迎えていた。二人が青い水玉の銅製器にするか、釉薬《ゆうやく》〔陶磁器の表面に加工されたガラス質の部分〕を施された青磁にするか迷っていたときに、祖母は破水した。数回いきんだだけで、祖母は父を出産した。祖父は予定より二週間早く、まるで奇跡のように男の子を迎え入れた。彼の一人息子を。

父は、指先の器用な祖母の手で抱っこされた。そしてまた六人の姉の手によっても。さらには二十六人の乳母や料理人、女中たちの手によっても。父の彫りの深い顔、広い肩幅、アスリートのような脚、そして魅惑的な笑顔を熱愛し、両手を広げて受け入れてくれた六百人の女性たちの手は、言うまでもない。

父だって、彼の姉たちのように科学や法律を勉強できたかもしれなかったのに、女性たちがかけた愛情のせいで、そして別の女性たちが注いだ情熱のせいで、父の気が本から削《そ》がれてしまって、彼の器官から欲望が切り取られてしまった。あらかじめすべてが満たされているのに、どうして欲望を抱くことなどできるだろうか？　五歳か六歳になるまで、まだ目を開ける前から、温かなミルクの入った哺乳瓶の乳首がすでに彼の唇に触れていた。母親が何人《なんぴと》であれ彼の夢を遮ることを禁じていたので、学校へ行くために父を起こそうとする者は誰一人としていなかった。乳母が教室の長椅子まで付き添い、彼と一緒に文字の読み方を習った。ピアノのレッスン中は女中たちが、白檀《びゃくだん》の扇子を手に彼の襟首を扇ぎ、周囲の気温を下げる役目を取り合い、言い争っていた。父は、ウォーミングアップの音符に歌声を合わせては、先生のご機嫌取りをした。なんであれ不滅にしてしまおうなどと僅かな野心さえ抱かぬままに父が瞬間的に生み出すメロディーを聴こうと、家の前の人だかりは年月が経つにつれて増していった。努力は父を苛立たせたが、彼の鼻に滴《したた》る汗の雫《しずく》を絶えずふき取るその手もまた、父を苛立たせた。しかし彼は、これらの気配りに対して何一つ拒もうとはしなかった。父にとって、受け取ることはすなわち、与えることだった。

父はこうして、歓喜の中で、そして同時に無重力の空虚さの中で成長した。彼の時間は、一時間単位で進むのではなく、シャンチー〔中国及びベトナム版チェス〕の駒が移動する数だったり、彼が昼寝をしている間に鉢や箒を落としてしまった女中へ母親が課した罰の数だったり、郵便受けに匿名で差し込まれたラブレターの数で刻まれていた。

レ＝ヴァン＝アンの領地に実る果実が、父に社会から離れて生きることを許してしまったのではないだろうか。幸いなことに人生は、社会の動きに従い、そのなかで生きていくよう皆に一律に機会を提供すべく、恒常的に物事の秩序を不意打ちし、変化させることを好んでいるときている。農耕改革によってレ＝ヴァン＝アン領地の地代と所有地が半分になってしまったとき、父は二十歳になろうかという頃だった。農民は、自ら耕す土地を所有できる、初めての機会に恵まれることになった。この新しい政策と並行するかのように祖父は心筋梗塞を発症し、彼自身の体力や気力も半分になってしまった。この一連の衝撃がなければ、父はおそらく母と結婚することなどなかっただろう。

ダラット　ĐÀ LẠT　dat aliis laetitiam aliis temperiem*1

ダラットの娘たちは顔色が青白く、バラ色の頬をしていることで知られていた。その輝きは、高原の冷気によって守られているためだと考える者もいれば、所作の動きが滑らかなのは、ダラット一帯の谷間をすっぽりと覆う靄《もや》によると考える者もいた。母はこの特徴から外れる例外的な存在だった。幼いうちからいたって早くに、母は男の子から「きみは僕の春だよ」とは決して言ってもらえないだろうという事実を受け入れた。たとえ彼女のスアンという名前が「春」を意味したとしても、さらに「永遠の春の都」という異名を持つ場所に彼女が住んでいたとしても。母は、祖母のしなやかで、きめの細かい肌を受け継いではいなかった。壮健な顔つきからもわかるように、父親譲りのクメールの遺伝子が濃く、思春期時代のにきびがもたらした災禍がこれに付け加わった。毒舌家達の目を逸らし、彼らの唇を縫い合わせてしまうために、冷酷な女性となることを自ら選び、鉄の意志と手厳しい男勝りな言葉で武装した。幼稚園時代から学生生活の最終年に至るまで、母はクラスでずっと一番だった。経営学の講義を待たずして、蘭栽培を手掛ける家族経営の農園で若いうちから主導権を握り、生産を多様化し、再編成を行ない、指数関数的な成長をはじき出す企業へと生まれ変わらせた。

母は避暑客に貸し出していた別荘の改築許可を、高官であった父親に願った。需要の高さに応えるために、彼女はいたって迅速に、複数の別荘を購入するよう父親を説き伏せた。熱帯の気候に加え、支配者と被支配者との闘争関係がときに息苦しくさせる日常から離れ、ヨーロッパを思わせる目的地を探し求める人は多かった。その名が示す通りダラットは、ある人には喜びを、ある人には冷気をもたらす力を持つと言われていた。

父の家族が初めてダラットの別荘を借りたとき、母は十五歳だった。目の前を父が通り過ぎたとき、母は心の内を見せないようにと目を伏せた。そのため、父が母に気づくことはなかった。レ＝ヴァン＝アン裁判官の家族が初めて過ごしたこの滞在中、母は遠くからこっそりと父のことを見ていた。翌年以降、母は食事の準備に専心したいと頼み込んだ。精巧に花の形に切り揃え、ソースに加えた人参をはじめとして、果肉を崩さないよう、爪楊枝を使って種を一粒ずつ取り除いたスイカ

*1 「ある人には喜びを、ある人には冷気を」というラテン語。

の一切れ一切れに至るまで、細部にも目を光らせた。

朝は、ジャコウネコの排泄物からコーヒーを準備する必要があった。コーヒーに苦味のないカラメル風味がもたらされるのだ。この朝のコーヒーを父のテラスまで母が自ら運んだ。父が美しい黒髪にクラーク・ゲーブル風の彫刻を施すために、櫛《くし》にブリリアンティン〔毛髪に光沢をつける香油〕を塗る姿を一目見られないものかと期待しながら。S字のわずかな毛束を額に垂らそうと、父が櫛を逆さにして、柄《え》の尖った先端を使っているのを見るたびに、母は息ができなくなってしまった。家族の所有する希少な四個のバカラグラスの一つに直置きした濾過器を通して、コーヒーが一滴ずつ落ちるのを待っていたため、母は目と鼻の先に立っていたというのに、父の目には映らないままだった。母は濾過器のプレートをぴったりと締めることで、父の横にいる喜びを長引かせようとした。こうすることで、圧縮の高まったコーヒーの層を湯がゆっくりと落ちていくからだ。最後の数滴になると、母はスプーンの背を濾過器の下に持っていった。これが抽出を締め括る動作だった。全てのベトナム人がそうするように、父もコンデンスミルク入りの甘口コーヒーを飲んだが、最初の一口だけは例外で、何も入っていないブラックコーヒーを好んだ。父がついに母に言葉をかけたのは、この最初の一口の後だった。

バンメトート　BUÔN MÊ THUỘT

独特で、つやのあるコーヒーの味に驚いて、父は母に目を向けた。バンメトートにあるプランテーションの周囲で拾い集めた、種を包む小さくていびつな玉を父にみせながら、母は秘密を打ち明けた。野生のジャコウネコが熟したコーヒーの実を食べて消化した後に、種をそのまま吐き出したものだった。地主に代わって摘んだ果実の恩恵にクーリー〔下級労働者〕が浴することなどできなかったため、彼らはジャコウネコの排泄物を生まれ変わらせたのだが、こうすることでより味が洗練され、とりわけ通常の収穫物よりも希少なものとなった。父はすぐさまこの味の愛好者となった。母はコーヒーの提供者となり、焙煎の間、ほんの少しずつ加えていく香りを父に詳細に説明してみせる役目を買って出た。焙煎時に使う貴重なバターはフランスから輸入されたものだった。二週間に一度、母は細心の注意を払ってコーヒーの袋を梱包し、それを彼女か従業員が父に手渡した。母はこの習慣を雨季のあいだ、そしてサイゴンの通りでデモが起きている間、さらには北ベトナムにソ連人が到着してから南ベトナムにアメリカ兵が配備されるまでの間、守り続けた。

レ＝ヴァン＝アン一家がダラットを訪れると、母が夜明けのコーヒーから、マットレスとベッドの間に差し挟む蚊帳《かや》にいたるまで、父の必要とする全てのものに気を配り続けた。父方の祖父が梗塞を発症してからは、ダラットの空気が効用のあることで知られていたために、母方の両親が、祖父と彼の家族にもっと頻繁に訪れるよう誘った。こうした類の滞在費を支払う手立ては、もはやなくなっていたにもかかわらず、別荘の一つが徐々に父の家族のレジデンスとなっていった。母は、バラ園の舗装されていない土道の上に父が足跡を残すのを目にしたり、夜、松の木々に父の声が響きわたるのを耳にしては、満たされていた。

政治的改革と変革が、レ＝ヴァン＝アン一家を極度なまでに貧しくさせた。気にもかけぬ様子とは裏腹に、自らの快適な生活が損なわれてゆくことに対し、父は不安を感じていた。中身の空っぽになった貝殻の耳を聾《ろう》するようなこだまが、王国を持たない美しい王子のイメージを父に送り返した。失脚者に転落してしまうことへの恐怖が父に、忙《せわ》しく宙を舞う母の手を摑めと吹き込んだ。「スアン」というたった一語が、父の口から漏れ出た。彼の放った、たった一語が、母に永遠を約束させるには十分だった。「ええ、私がすべて何とかするわ」。

大きな湖　HỒ XUÂN HƯƠNG　春香湖

両親の結婚式はダラットで、その時季一番のイベントとなった。従業員と町の住民たちの好奇心を満たすため、二人はレセプションへ到着する前に、スアン・フォン湖の周りをオープンカーでパレードした。レセプションでは地域の名士や高官たちが彼らの到着を待っていて、全ての女性たちが、母の将来が幸せであるほうには賭けず、不幸《ふしあわ》せになるほうに賭けていた。父の腕に抱かれ、両親と義理の両親に付き添われて、母はそれぞれのテーブルを回って招待客へ挨拶をした。父と二人の祖父は、各グループの幸福祈願に感謝を述べ、テーブルの代表者と乾杯をして、盃《さかずき》を一気に飲み干した。倒れることなく全てのテーブルを一巡し終えるようにと、男たちがウイスキーの代わりにグラスをお茶で満たしてごまかしている間、母は、生まれたときから彼女のことを公然と「猿」「野蛮人」「男装女」呼ばわりしてきた女たちの顔を、穴のあくほどみつめては楽しんでいた。彼女たちは生涯の終わりに至るまで、父の決断に欺《あざむ》かれ続けることだろう。母はこれ以降、父の美しさというオーラの中で歩くことになるのだから、こうした侮辱を無視することができた。

父の妻になることで、先の広がった鼻と垂れ下がったまぶた、角張った下顎は帳消しになった。人々に対して自らをレ＝ヴァン＝アン夫人と名乗り、この新しい呼び名を従業員にも課した。この名前が発音されるたびに母は、彼女の髪がプレン滝の水のように流れ落ち、彼女の瞳が二粒のリュウガンの種のように丸く輝き、そしてとりわけ彼女ほど父のことを理解している女性はいないと、父から耳打ちされるのを聞くことができたからだ。結婚した最初の年から、母はサイゴンに倉庫やら別荘やらを購入して、父が自らの王国の君主となるべく玉座を用意した。父はこの安住の地で主人となり、商人と仕入れ係がやって来ては、母が興《おこ》し、公には父の経営するグループへ商品の発注を行なった。母は、父が夜開かれる数多くの社交界イベントに出席しなければならないのだと従業員に伝えていた。そのため、朝、正午、昼寝にくわえ、考えごとをしている間に父の邪魔をすることは固く禁じられていた。質問があればすべて、まずは母へと確認される必要があったが、一方で父が下す決断はすべて、優先して実行されなければならなかった。

チョロン　CHỢ LỚN　大市場

朝一番の売り上げ報告を従業員から受けるために、卸売市場の終わる朝四時半に母は事務所に到着していた。そして朝七時には、事務所から数ブロックほど通りを行った先にある自宅に戻った。この二か所の不動産は、母が中国人の先祖がいると伝えていなければ、手に入れることはできなかっただろう。チョロンは今も昔も中国人コミュニティーを擁しており、その団結力と商業力で知られている。フランス人子爵で、作家であり、冒険家、ジャーナリストでもあったゴントラン・ド・ポンサンは一九五五年に、中国文化に関する書籍を執筆するためにチョロンに居を構えた。ポンサン氏は、先祖代々の習慣は母国よりも植民地のほうがきちんと守られていて、少なくともより長い期間踏襲されていると推論していた。祖父のレ＝ヴァン＝アンはポンサン氏とこの話題について、さらには一九四六年にウィンブルドンで優勝し、これまでのところウィンブルドン最後のフランス人優勝者でチョロン生まれのイヴォン・ペトラ氏について、長時間にわたり何度か話したことがあった。このテニスプレーヤーはまた、コート上で長ズボンを履いてプレーした最後の選手だった。イヴォン・ペトラが最後まで長ズボンを履いたのは、チョロン生まれの子どもたちに倣い、衣服を踏襲し続ける伝統に対し、敬意を払っていたためだと祖父は固く信じていた。チョロンの子どもたちは千年にわたる慣習を実践していただけでなく、一度たりとも中国に足を踏み入れたことがなかったにもかかわらず、中国語訛りのベトナム語を話していた。

父はチョロンを決して好きになることはなく、フランス風のカフェやアメリカ風のバーがあるサイゴンの中心街を好んだ。ことにコンチネンタルホテルのテラスでビールを飲むのが好きだった。ホテルでは日中、外国人記者たちが軍隊の動きや最新の流行歌を分析しながら過ごしていた。一九五〇年代初頭に従軍記者だったグレアム・グリーンが、街を観察したり、小説『おとなしいアメリカ人』で描く登場人物を想起しながら、近くのテーブルに着席する人々からインスピレーションを得るために好んで占有していたテーブルを、出来る限り予約した。

ハイバーチュン　HAI BÀ TRƯNG　二人のチュン婦人

レ＝ヴァン＝アンの領地が絶頂にあった頃、祖父は一時的に訪れた、さまざまな町を通る「ハイバーチュン通り」に家を買い足していった。中国軍を撃退し、権力を失って自死するまでの三年間にわたり六十五あまりの町と村を治めたチュン姉妹[*2]の例に従い、自主独立の精神を持ち、わけても闘志を抱くよう、祖父は娘である伯母たちに促した。約二千年来、不動のヒロインである姉妹への

＊2　当時、交阯郡の徴税権は後漢が握っていたが、貉将の父を持つチュン姉妹が地域の指導者である貉将・貉侯に徴税権があると後漢側に通告し、これに六十五の県が賛同。後漢の光武帝はチュン姉妹の反乱とみなし、軍を送り、討ち取られた二人の首を洛陽に送った。姉妹の最期をめぐっては諸説あるが、川に身を投げたとも言われている。

オマージュとして、祖父はハイバーチュン通りに購入した家屋を、学業に勤《いそ》しむ姪や従姉妹、女友達、女子奨学生らに自由に使わせた。恩恵を受けた者たちは、年月とともにこの仮の居場所を永住の居に変え、そこで家庭を築いてしまった。

父もサイゴンにあるハイバーチュン通り沿いの家を専有していて、愛人や友人を招き入れていた。彼らは、一時《いっとき》の情熱を注ぐ卓球やポーカーの試合のため、さらには父が有名なフランス映画のサウンド・トラックになぞらえて好んだ言い回し、「禁じられた遊び」を目的に、そこへ集まった。ベトナムの若者なら誰もが覚えていたこのメロディーを皆、ギターで奏でようと挑戦していた。取り巻きの多くの男性に倣い、父は結婚した後も同じ目的のために、この場所を使い続けていた。デリカシーから、また自らを守るために、母は決してそこへ足を踏み入れなかった。ただ使用人には、いつでも新鮮なフルーツの盛り合わせを用意し、酒のお供に自生ニンニク数片を混ぜた干しエビのマリネを準備して、ワインに欠かせないバゲットとパテを届けるようにと念押しした。

この使用人は昔からずっと変わらず、今なお父の最も親しい友人だ。彼らは三か月違いで誕生した。使用人の母親は、父の乳母として父方の祖母に雇われたのだが、祖母はこの若き女性が、出産を成し遂げるために郷里の村を離れたことは知らなかった。二人の少年は兄弟となった。二人で一緒にビー玉やバッタ相撲、チャンバラをして遊んだ。闘魚も飼育していて、一鉢に一匹ずつ分けて育てていた。戦わせないときには、厚紙の切れ端を鉢の間に挟んで互いを離し、魚たちを休ませた。

時折、ヒレが広がるのを見ては酔いしれたいがために、二人は厚紙を持ち上げることにした。青い魚は半月形に尾びれを開き、白い魚はまるで空気と同じくらい我がロング・ウエディングドレスが軽いとばかりに、裾で水をかきあげた。オレンジの魚はそこまで目を引きはしなかったけれど、決して諦めないという点で極めて貴重な存在だった。オレンジが攻撃を仕掛けると、その分黄色が相手をかわす技に長《た》け、オレンジに一撃を与える致命的瞬間を根気よく待った。二人の少年は魚の性格について話し合ったり、蚊の幼虫を魚に餌やりして何時間も過ごした。田んぼの淀《よど》んだ水に生息するこの魚たちへの情熱は、大人になるまで続いた。メスも飼育できるようになり、繁殖期にどうやってメスたちをオスの中にまぜるのか、そのコツがわかるようになると、彼らのコレクションは一気に倍増した。オスが孵化に備えて泡の巣を作り、産卵と同時にメスを追い払う様子を間近で観察した。少年たちは、メスが稚魚を食い尽くさぬよう、鉢を移し替えた。二人だけの家族であるかのように、一緒に魚を育てた。それぞれにお気に入りの魚はいたけれど、一匹命を落とすたびに、心から悲しんだ。

トゥードゥック　THỦ ĐỨC

父と使用人は、名字も、両親も、学校も異なる兄弟だった。一人は踏み固められた地肌に建つ地元の学校へ通っていて、もう一人は象革の鞄《かばん》にノートを入れ、持ち運んだ。父の学校は知らぬ人などいない有名校で、ペトリュス・キーの名を冠していた。ペトリュス・キーは漢字に代わり、ローマ字表記のベトナム語〔チュ・クオック・グー〕を教え、広めた知識人だった。今日、ベトナム語は表音文字で記されてはいるが、単語の多くはいまだに表意文字が持つもともとのイメージを痕跡として含んでいる。

私の下の名前であるバオ＝ヴィは、「一番小さな女の子を守る」という両親の気持ちを表している。文字通りに訳すとすれば、私は「顕微鏡で見るほどに小さく、得難い」存在なのだ。ベトナムであまたあるケースと同様に私も、自分の名前が持つイメージ通りの人間になる術を心得ていなかった。「白」（Bạch）や「雪」（Tuyết）という名前を持つ少女たちの多くは顔の色が非常に濃くて、「力」（Hùng）や「強」（Mạnh）と名付けられた少年たちは、大きな試練を怖れた。私はといえば、留まることなく成長を続け、優に平均身長も超え、勢いにのって型破りな性格にもなってしまった。教師たちは、教室全体をよりよく見渡せるようにと私を最後列に座らせたので、僅かな違反行為も見逃さなかった。罪を犯した生徒は直ちに黒板前に立たされて、六十名いるクラスメートを前に片手を開き、手のひらか関節を木製定規で叩かれるのを待った。叩かれた生徒は、その後ペンを握ることも、インク壺にペン先を浸すことも、震えずに字を書くこともできなかった。いくら必死になって、つけ過ぎたインクを拭うために左手に持ったピンクの吸い取り紙をペン先の動きに沿わせようと努めたところで、線からはみ出してしまったり、紙に染みをつけずに、フランス型罫線が印字されたノートの二ミリ線に沿って垂直線を引けることなど滅多になかった。生徒は片手が腫れてしまったばかりでなく、きれいに書けなかったということで点数まで引かれた。私は、教室の後ろに追いやられた軽率な生徒たちと比べたら、確かに模範的な生徒だったことだろう。少なくとも、顕微鏡で見えるくらいの豆粒少女に、出来るだけ「小さなヴィ」に、見えなくなってしまうように努めていたのだから、もっともデリカシーがあったとはいえる。

もし父が終戦時に、私と同じくらい目に見えない存在であったならば、捕まってトゥードゥック地域にある再教育収容所に送られることもなかっただろう。収容所で父は、同じ掘立小屋に収容された十人の囚人仲間とともに、日々の配給食糧であるピーナッツ十粒を分け合って食べた。しかし王子の星のもとに生まれたので、二か月後には解放された。使用人であった兄が、共産主義《コミュニスム》レジスタンスのためにスパイ活動を行なうなかで、父が経済的に支援してくれたのだと当局に証明することで父を救ってくれたのだった。彼の主張によれば、父は間接的であれ、北が南との戦いに勝利するために協力したのであって、そのお陰で資本家でブルジョワという父の肩書は帳消しになった。敵であるこの兄が間に入ってくれなかったら、もはやいつ解放されるのか、その日付を知ろうとさえ望まなくなった他の囚人たちとともに、父は水路を掘削し、戦場で地雷除去作業を行ない、土地を開墾し続けていたことだろう。彼らはただ、夜の食事となるバッタやネズミの来訪を待つこと以外に、何も望むまいとしていた。それ以外の考えはすべて、共産主義思想に対する裏切りと解釈されかねなかったからだ。隣の掘立小屋にいた外科医は、ごく僅かのライス・ビスケットを天日干ししたというだけで、再教育に集中せずに逃亡を準備したとして糾弾された。ある会計士は、刑務所の北側に沿って走るバイクの音が聞こえたと他の囚人に打ち明けたところ、外科医と同じ糾弾を受けることになってしまった。もし父が、看守に呼び出され、二度と収容所に戻ることのなかった囚人を目撃していたなら、恐らくはベトナムから逃げ去ることを選んでいたかもしれない。恐らくは私たちを見知らぬ者の手に委《ゆだ》ね、父を残して祖国を脱出するがままにさせたりなどしなかったかもしれない。恐らくは母と同じように、兵役中の息子たちの救出を第一に優先させていたかもしれない。残念なことにまたしても父は、彼専用の館の繭《まゆ》に閉じこもり、人生の波から隔離されてしまった。

カティナ　CATINAT

母の親しい友人であったハーと彼女の両親とともに、私たちはベトナムを去った。ハーは母よりもずっと若かった。一九七〇年代初頭のサイゴンで、左腿上部に生まれながらにある、ハート型の傾いた痣《あざ》が見えてしまうほどとても短いワンピースを着たハーは、アメリカ風のモダンな女性を体現していた。玄関に置かれた、抗し難いほど魅力的なハーの厚底靴を覚えている。頽廃的な印象も抱いたが、その靴を履いてみたときに、少なくとも世界を眺める新たな視点がもたらされたことは確かだった。マスカラが糊付けされたつけ睫毛は、ハーの瞳を、繊毛が覆い茂る二粒のランブータンの実に変えた。赤褐色をした彼女の肌とは相性の悪い、青りんごとターコイズの二色のアイシャドウをしたハーは、私たちのツイッギー〔一九四九年生まれのイギリス出身の女優で、ミニスカートの女王と呼ばれた〕だった。ズボンを膝まで捲《まく》し上げ、光の暴力に耐え忍ばなくてはならなかった田んぼ仕事に従事する農民女性たちと一線を画すために日射しを避けていた大半の若い女性たちとは反対に、ハーは選りすぐりの「スポーツ・クラブ」のプールで肌を露出し、私にスイミングのレッスンをしてくれた。彼女はフランス文化の優雅さよりも、アメリカ風の自由を好んでいた。こうしてハーは、英語教員の身でありながら、第一回ミス・ベトナムのコンテストに参加する勇気を持つことができた。

きちんとしつけられた良家の子女という自らの地位と矛盾するハーの選択に、母が賛同していたわけではなかった。しかし母は、ステージでハーが纏《まと》うロングドレスと水着を買ってあげることで彼女を応援した。母はハーに映画のシーンよろしく、頭に辞書を平衡に載せたまま、タイル張りの床を真っすぐに歩く練習をさせた。母はまるでハーの姉さながらに面倒をみては、中傷から彼女を守った。母はハーに、カティナ通りにある美しいショップまで私を買い物に連れて行き、外国人の友達のなかに私も混ぜて一緒にソーダ・ライムを飲むことを許した。街は彼女のものだった。大きなホテルが建ち並ぶこの通りを、ハーは征服者の誇りとともに歩いて行った。アメリカ人の恩師や同僚から受けた賛辞の嵐を受けて、豪放磊落な面を隠しさえせずにいたハーを、母は羨ましく思っていたのではないだろうか。彼らはハーの美しさを、板チョコや、カーラーや、ルイ・アームストロングのディスクで称え、他方でベトナム人は彼女の日焼けした顔色を「無骨女」呼ばわりした。祖父母は母に対して何度も、私がハーとの水泳レッスンをやめるよう求めた。母が祖父母に従わず、ハーを私たちの側に置いたままにしていたのは、美しくなる術を私が学ぶよう望んでいたからではないかと思っている。残念ながら、ベトナムでハーと過ごした時間は短すぎた。あるいは私の学習が遅すぎた。

勝利のヴィン　VINH

一九五四年、北緯十七度線がベトナムを二つに引き裂いた。一九七五年四月三〇日が、その前とその後、終戦と戦後、権力と恐怖の境界線を引いた。以前なら、スクーターのエンジンを切った瞬間にハーの笑い声が聞こえてきた。路地で子どもたちと一緒に、石蹴り遊びでぴょんぴょん跳ねては楽しんでいた。あまりにも着古して、抗しきれないほど透け透けとなったシャツを着ては、庭師をからかったり、我が家の番犬たちの吠え声に怖がることもなく応戦していた。その後ハーは、爆撃で徹底的に破壊され、彷徨《さまよ》える魂が溢れる、北ベトナムの町ヴィン出身の将官の妻となった。彷徨える魂のなかには将官の両親もいて、瓦礫《がれき》の下へ埋葬する前に、将官が両親と再会することは叶わなかった。彼がいなかったなら、ハーの一族は「新経済地区」と呼ばれる居住不能な沼地へ送られていたことだろう。

将官の妻になることで、ハーは英語を教え続けることができたし、月ごとに割り当てられた砂糖、米、肉の配給を購入するために列に並ぶ必要もなかった。ハーと同じ選択をした女性たちを傷つけるような言葉を口にしようと思う者などいなかった。しかし、彼女に注がれる他人の視線は、ハーが甘んじて受けた将官の平手打ちと同じくらい、彼女を傷つけた。新たに取り付けられたカーテンのすぐ向こう側に両親がいたので、ハーが服従している物音は両親の耳まで漏れてしまった。両親は、獣のように飛びかかってしまわぬよう、口を閉じた。死人のように、じっとしていた。彼らはハーが、自らの頭部に弾丸を打ち込んだ近所の女性の例に続かぬようにと心配していた。その女性は、北ベトナムの軍曹と夫婦生活を送るのと引き換えに、再教育収容所から夫を解放してもらうのに成功した後、自ら命を絶った。彼女の新しい配偶者は、解放に加え、夫と子どもたちが船で逃げることさえ同意してくれた。夫と子どもが発《た》った後、今度は自らの解放のために、彼女は引き金を引いたのだった。

化粧もせず、暗い服を身に着けてはいたが、気配りだけは以前と変わらぬ新しいハーを母は迎え入れた。あらゆる傷を手当するのに使う脱脂綿とローション入りの瓶を用意して、ハーを待った。母の家族によれば、この酒と薬草を長時間煎じ詰めた薬のお陰で、爆弾の破片でぱっくりと切れてしまった従兄弟の首の傷は元通りにくっつき、ある嫉妬深い妻から酸を浴びせられて火傷した近所の女性も感染症を免れた。だから青痣だって、涙が乾く前には消えてしまうのだ。

将官と結婚する以前、化粧をしたまぶたを堂々と晒していたのと同じくらい、結婚生活が始まると同時に、ハーはつば広帽子の下に、焦がしバター色をした彼女の瞳を隠した。地面をひきずるプラスチック製の平らなバブーシュ・シューズのせいばかりではなく、けたたましいハーの笑い声が消えてしまったために、彼女がどんどん小さくなってしまったように私には感じられた。国中を包む沈黙にぴったりと同化するために、ハーは幻影のように階段を登った。鍵穴が秘密の会話を漏らすことは一切なかった。風が、言葉も音楽も運ぶことなく往来していた。大気の中を行き交うのは、ただ拡声器から流れる政府のメッセージばかりで、たとえば大掃除の日を忘れぬようにと注意を促していた。大掃除の日には地域の住民総出で、箒を出すが早いか、通りという通りを掃除しなければならなかった。あるいはまた、話をしている最中にわざわざナポレオン法典を引用した元弁護士に対して、三名の隣人が審判を下す訴訟の告知をしたり、幸せが目に余るほどに結婚を祝ってしまった家族や、愛する者を失い、全身を震わせるほどに涙を流した家族たちを告発していた。私たちがベトナムを出国できるよう取りまとめてくれた不法越境案内人の住所をハーに耳打ちするのに、母がこうした公衆放送の機会を利用していたかどうかは、私にはわからない。

シャム湾　SIAM

ハーは私たちと同じタイミングでシャム湾〔現タイランド湾〕を横断した。美容師を説得し、従兄弟を紹介してもらうことに成功したのだ。この従兄弟というのは、出国手立てを組織している人物をハーに紹介できる知り合いの、そのまた知り合いのもとで働いていた。いかなる名前も、いかなる約束も、ハーに伝えられたわけではなかった。自分と両親の渡航料として要求された金《きん》数テール分の重量と引き換えに出発の日程を入手できるよう、できるだけ頻繁に美容院へ行くようにと言われた。こうしてハーは、母のメッセンジャーとなった。

他の幾多ある朝と変わることのないはずだったある夜明けに、私たちは同じバスに乗った。父はまだベッドの中にいて、母は動き回り、音を立てることなく仕事をこなしていた。母は私に、普段、小学校へ着ていくような恰好をさせたが、下にはズボンを二枚重ね履きしていた。私は母の動作一つ一つに従った。涙を堰《せ》き止めるために一点を見据えていた母の視線を砕かぬよう、質問などしてはいけないのだ、ということはすでに理解できていた。母が、兄たちの爪を炭で擦《こす》っていたのを思い出す。彼らの気をそらすために一人の乳母が歌を歌っている間、別の乳母が兄たちの爪を磨いていた幼少時代の、いかなる日ともこの日は違っていた。母のほうは、我が家の店でフィーヌゼルブ〔パセリ・セルフィーユ・エストラゴン・アサツキなどの香草を刻んだもの〕売りをしていた女商人の洋服を着ていた。

サイゴンから水辺に向かう道中、コリアンダーに場所を譲るまいとばかりにレモンバームの香りがなおも染み込んでいた母の仕事着に、私はぴったりと顔をくっつけた。バスの車内に充満するこの混じり合った香りのお陰で私は眠ってしまい、横に立つ乗客がかばんに入れて持ち帰っていた魚から、左カーブになると時折血が雫となって私に垂れたことも感じなかった。眠っていたために、私たちの二列後ろに座っていたハーと長兄ロンの身分証明書を見たいという警官に対しても、恐れることはなかった。眠りに落ちる前に、次兄ロックの長髪を非難していたこの警官の手に、ハーの父親がお金を滑り込ませているのが見えた。ロックの長い髪は、資本主義者同様に刑務所行きに値する反逆行為であった。

北京　BẮC KINH　中都

私たちは三百キロの道のりを十時間で走り抜けた。移動の終盤にさしかかる頃には、籐で編まれた檻に閉じ込められた屋上のアヒルたちの喧《やかま》しいクワクワクワとともに、雌鶏がコッコッコと合唱しながら鳴くのも、もう聞こえなくなっていた。初めて北京ダックを食べたとき、ウェイターは肉片を入れずに皮だけをロール状に巻いて味わえるようにと、皮を丁寧に削いだ。その間私は、屋上にいたこのアヒルたちのことを考えずにはいられなかった。このアヒルたちの皮もまた北京ダックのように、あるいはまた、この長旅を終えてひどくむくんだように感じられた私の皮膚同様、焼けるほどの屋根の熱の下、体から剝がれてしまうことはないのだろうかと考えた。私の両足はバス車内の濃密で籠《こも》った熱で膨れ上がってしまい、飾り紐の間から肉がはみ出し、肌が透き通るほど伸びてしまった。私がもっと小さくまだ気温の変化にとても敏感だった頃、停電が起きたときには父が私を車に乗せ、冷房の効いた車内で眠れるようにしてくれた。自分の横で私を寝かせると、父は街中を縦横に走り回った。私の汗ばんだ髪を手で撫でながら、こう言った。「僕の娘はヨーグルトのように発酵しているなぁ」と。あるいはまた、母と私が毎週日曜日に一緒に作っていた小さなブリオッシュ生地のパン種となる玉に、私の両手をたとえたものだった。父に言わせれば、パリのパン屋でさえ母と勝負になどならないのだ。さらには、街で指折りのレストランで食事をしたところで、いかなるシェフも母のようにズッキーニの花の詰め物を、花びらの食感を残す絶妙のタイミングでフライパンから取り出すことはできないと父は繰り返した。

花びらの焼き具合をコントロールしながら、米粉を使った天ぷら衣のサクサクとした食感の下で、甘みを引き立たせられるのは唯一母だけだった。他のベトナム人家庭と同じように、我が家もテーブルの真ん中に全ての料理を一度に並べていたが、一つだけ例外があった。母は父に最も美味しい部分を取り分けるために、私たちの皿とは別皿で出した。卵が最も詰まったソフトシェル・クラブ、完璧な棒状に形の整えられたポテトフライ、一番柔らかなチコリの葉……。五十近くもあるバンレイシの種が全て取り除かれたのは言うまでもなく、その白くて甘い果実は、供え物のごとく父に差し出された。

ブリュージュ　BRUGES

父は、サイゴンのフレンチレストランで時折入手できた赤肉種のマスクメロンはもちろんのこと、フラヴィニー産のアニスシードからフォアグラに至るまで、他所《よそ》から持ち帰った逸品を私たちに味わわせてくれた。父はクリスマスをビュッシュ・ド・ノエルで祝うと言い張り、黒ゴマやバナナのキャンディーよりも、チョコレートエクレアで友人達をもてなすことが多かった。私の三歳の誕生日に、料理人は三段からなるバタークリームケーキの特別注文を受けた。普段であれば、お米とタロイモのプリンや、ブリオッシュ生地のパンに盛られたアイスクリームに惹かれるのだが、この日私はかつてない欲望に駆られて、ケーキが台座に置かれるや、一段目にかじりついてしまった。私がこれほどだらしない、衝動的な行動をとるとは誰も思いもよらなかったので、父は台所から十メートル離れた場所に繋がれていた犬を叱った。

この度外れで抑えることのできない欲求は、初めてベルギー・ワッフルにかじりついた時も私を襲った。ブリュッセル駅で、ワッフル焼き型の中で溶けるバターの香りに捕らえられてしまったと父の話してくれた生地の食感やパールシュガーの味が、まさにこれだとわかった。ブリュージュの店先を練り歩いていたときに、父の声が聞こえてきたような気がした。ブリュージュで父は、母のためにレースのショールを購入したことがあった。当時、父の旅行仲間だった知人は、令夫人に好んで布地を贈っていた。夫人はすぐに、その布地からアオザイを作った。翌日、彼女はテレビで天気予報を担当する若い女性キャスターが、全く同じ布地を身に着けているのを目にしてしまったが、この布地はベトナムでは見つからないものだった。彼女の想像力は、直接対決から新聞上での密告に至るまで、無分別な復讐のシナリオを種々様々に思い描き、さらには激しい嫉妬の怒りに母を巻き込もうとまでした。母が似たような夫婦生活を送っているとその女性が考えたとすれば、確かにそれは正しかった。彼女が怒りを爆発させている間ずっと、母は冷静だった。ただ彼女に、愛人や夫を辱めることで、自分自身を辱めることのないようにとだけ助言した。そして母は、義父レ＝ヴァン＝アン裁判官を称えるレセプション・パーティーに出席するために纏っていた絹製アオザイの上に、そよ風と同じくらい脆弱なレースのショールを羽織った。双子の兄たちが生まれた時に義母から贈られた、一対の真珠のイヤリングを耳に飾って。母がもし同じショールを羽織った女性とすれ違ったとしたら、父の名を継ぐ四人の子の母という立場ゆえに、落ち着き払って挨拶をしたことだろう。

ある日、私がハンモックで昼寝をしていたときに、チーという名前の、私と同い年くらいの男の子を連れた若い女性が母のもとを訪れた。ハンモックの編み目から、ビー玉遊びをしている少年が見えた。ヒソヒソと話していたけれども、ところどころ会話の断片が聞こえてしまった。再び眠りに落ちる前に、若い女性の手のひらに、母が自分の金のチェーンとブレスレットを置くのが見えた。そして彼女に、カマウに戻り、二度と父に迷惑をかけるなどという気を起こさぬようにと話しているのが聞こえた。

カマウ　CÀ MAU

沼地の水質ゆえ黒々としているその水の色と、薄暗い密林で知られるカマウは、ベトナム最南端に位置している。三つの海に囲まれているため、船で出国するには最適な場所であった。私たちは異母兄弟であるチーの家に隠れて、不法越境案内人からの合図を待っていた。出発までの二日間、母がかつて所有していたチェーンを首につけたチーの母親が、私たちに食事を与えてくれた。母は、チーを一緒に連れて行こうと申し出た。恐怖と、沈黙と、暗闇が混沌とないまぜになったなか、人混みの中で両親を見失ってしまったハーとともに、チーは私たちが乗った船とは別の船に乗り込んだ。私たちは三艘の船でベトナムを出発した。私たちの船は、嵐に遭うことも海賊に遭遇することもなくマレーシアに接岸した。ハーとチーは、同じ幸運を持たなかった。彼らの船は、四度にわたり海賊に行く手を阻まれた。最後に攻撃を受けたとき、チーは偶発的に、神経の高ぶった男から鉈《なた》で一撃されてしまった。母は、チーの母親には、ハーの両親とともに海で行方不明になってしまったらしいと嘘をついた。息子を一人失ったことを、父は決して知ることはなかった。

マレーシア　MALAISIE

私の弱々しい名前からしてみれば、外海の嵐と立ち向かうような運命が予定されていたわけでもなかったし、ましてやマレーシアの難民キャンプで、藁《わら》小屋を老婦人と共同利用するような宿命が約束されていたはずもなかった。老婦人は、彼女に連れ添う若い十四人の子どもたちが、誰と誰なのか私たちに教えることさえなく、昼であれ夜であれひと月涙を流し続けた。自らの航海について不意に老婦人が語り始めるまでには、カナダへ出発する前夜に開かれた、送別の会食までの時間が必要だった。妊娠中の妻を強姦した海賊に勇敢にも飛びかかった息子が喉を掻き切られてしまう瞬間を、彼女は目の当たりにした。息子と嫁が海へと投げ込まれたその時、母親は気絶した。その後に起きたことについては知る由《よし》もなかった。ただ、生き残った十四人の子どもたちの泣き声で、死体の下で目を覚ましたことだけは覚えていた。

もはや幽霊としか映らないこの女性の、色を失った唇を言葉がかすめ始めると、母は私の八歳という無垢な年齢を守るために、掘立小屋から私を追い出した。壁は麻袋ででき、天井は布が張られていただけだったので、母の行為は役に立ちなどしなかった。どのみち、井戸の周りで、埃の中で、睡眠中、キャンプの至る所で、似たような話が耳に入ってきた。人を食うという男二人が航海している間は彼らを避けなければならないということや、自分の赤ん坊が浜辺に打ち上げられるのを、夜明けから夕暮れまで恭しく待っている、銅像のように動かない女性を邪魔してはいけないことは私も知っていた。

母は、夫のいない女性グループの事実上のリーダーになっていた。兄たちに、他の母親たちを手伝い、水タンクを運んであげるようにと言い聞かせていたからだ。

私たちが難民キャンプに到着したのは、フランス代表団とオーストラリア代表団がキャンプを去ったばかりのときだった。彼らが今度はいつやってくるのか、他国の代表団がいつ訪れるのか、私たちに知らせることができる者などいなかった。難民キャンプで長期的な生活を計画している難民など誰一人としていないのは言うまでもない。しかし、日々の務めをこなし続けるなかで、心ならずも、この暑く、敵意に満ちた土地に腰を落ち着けるようになっていった。新しい習慣が生まれた。若者たちは夕暮れ時になると、幹が水平に伸びたヤシの木を囲んで集まり、マレーシア人監督者の一人がくれたビー玉で遊んだ。新しい恋人たちは、丘の上にある大きな岩山の陰に逃避し、アーティストたちは船の漂流物に彫刻を施した。三時間もかけて空のバケツを井戸まで押して行くことが、慢性的に訪れる赤痢の痛みと同じくらい、あっという間にありふれた日常となった。心身ともに緊密な距離で共に暮らす気詰まりは、自然と生まれる笑いと、思いがけぬ再会のもたらすリズムによって緩和された。この孤立した宇宙のなかでは、ほんの些細なつながりで友情が芽生えた。クラスの同級生二人が姉妹になり、同じ町の出身者二人が従兄弟となって助け合い、孤児の二人が家族を作った。

カナダ　CANADA　村落

私たちを最初に受け入れてくれたのは、カナダ代表団だった。母は難民キャンプで教室を開き、子どもたちにはフランス語で数学を、大人たちにはフランス語を教えていた。幸運なことに、選定会議の際、フランス語圏代表団の通訳として母が招き入れられた。カナダ代表団が通訳者に対し、移住のチャンスを与えていることを母は知っていたわけではなかった。カナダへの移住が認められた大規模ベトナム難民の第一陣だったために、私たちはこの国について噂を聞いたことがなく、一年のうち十二か月を通じて冬が続くものとばかり思っていた。母は私たちに、ダラット出身という私たちのルーツが、寒さに順応し易いのだと請《う》け合った。私には、サンタクロースは北極にいるのだから、カナダの目と鼻の先に住んでいるのだと話してくれた。

ケベック　QUÉBEC　大河の狭まる場所

全住民の衣服という衣服を脱がせてしまったのではないかと思えるほどの猛暑のなか、私たちはケベック・シティーに到着した。新たな居住地となる集合住宅のバルコニーに座っていた男性は皆、布袋様のごとく上半身が裸で、腹も丸出しだった。にこやかに笑うこの仏像の丸みをこすると、商人には財運が、商人以外の人々には喜びが約束されるという。多くのベトナム人男性がこの富の象徴を夢見たが、獲得できた者はほとんどいなかった。豊かさを具現化する腹の丸みがここかしこに散見される建物の、ずらっと建ち並ぶ正面玄関に私たちの乗ったバスが停車すると、兄のロンは喜びを口にせずにはいられなかった。「僕たちは、楽園に着いたんだね！」。

リモワル　LIMOILOU

季節に合った洋服を見つけられるようにと、ロンが世話してくれた。カナダの寒さに備えて、母がマレーシアの行商人から暖かな服しか購入していなかったのだ。手押し車の露店で、私のために赤い合成皮革のアンクルブーツのペアを見つけたと喜ぶ母は得意げだった。ブーツの輝きは、擦り切れた裏地を忘れさせるほどだった。ファスナーが何度も繕《つくろ》われた跡があり、かなり長い期間使用されていたことがわかる。右足のかかとがアンバランスに擦り切れていて、私は靴を手放した少女の歩き方をまねることになった。少女は空想上の友達となり、カナダの広大な規模に慄《おのの》いてしまった私に、全《まった》き新しい世界に一歩前へと足を進められるよう後押ししてくれた。

船上で暮らす家族が太い竹竿でできた飼育スペースで育てている雛鶏たちのように、私もじっと動かずにアパルトマンにいるほうがよかったのだけれど、そのアパルトマンでさえ、難民キャンプで私たちが生活していた一角と比べたら、あまりにも広かった。私の身体は、すでに兄たちや母の体形に慣れ親しんでいた。彼らの腕や、脇腹や、地面の凸凹の隙間で眠っていたのだ。昨日の今日でどうやって、家族の汗に包まれることもなく、彼らの呼吸に揺れることもなく、ふかふかのマットレスに戻り、また独り眠れるようになるというのか？　いつも変わらず側《そば》にいた母の存在を、どうやってある日突然失うことなどできるというのか？　有刺線も、見張りもなく、無限に続く地平線を前に、どうやって自分のゆくべき道を見出せというのか？

難民キャンプには住所がなかったので、私たちは目に見える目印を利用した。裁縫針を貸してくれる女性は、取っ手のついたほうろう製の水汲みバケツを持っていた。ドイツ語通訳者は、布の切れ端で修繕した青い物干しロープの下で寝ていた。美容師の女性は、鏡を細い木の幹に釘で留めていた。針子の女性のところまで行くには、夜明けに修道士が瞑想している岩の前を通り過ぎ、井戸を左に曲がり、トイレを迂回して、近所の人や通りすがりの人に、彼女は今どこにいるのかと尋ねなければならなかった。だから、広大さにまだあまり慣れていなかった私の目には全ての木々が見事なまでに一様に映り、その木々によって沿道が縁取られている幅広く長い大通りの真ん中で、向かうべき道を決めるなんてできはしなかったのだ。

神戸　KOBÉ　神の息吹の扉

長男であった兄のロンは、一家の長という重責を担った。父の代わりであり、母の代わりでもあった。母が夜中まで近所のレストランで皿洗いをしている間、ロンが私たちの面倒をみてくれた。住所や電話番号、挨拶の仕方を、フランス語で手本をみせながら教えてくれた。ロンは自ら手助けをしては、近所の人と親しくなっていった。すれ違う人皆に、分け隔てなく微笑みかけた。歩行器越しに立つ一階に住む女性、四階に住むバッタのように飛び跳ねる子どもたち、入れ墨をした男性、ミニスカート姿にハイヒールを履いた若い女性……。扉があれば開けてやり、食料品の入った袋を運ぶのを手伝い、階段に落ちている吸殻や折り込み広告、菓子の包装紙を掃除し、子どもたちと一緒にボール遊びをした。数週間も経つと、近所の人たちが皆、ロンの名前を知っていた。サイゴンの学校で数年間フランス語を学んでいたおかげで、ロンは公共交通機関網がどのように機能しているのか、たちまち理解してしまった。

ロンはバスを使って市内を縦横に走り回った。自信に満ち、落ち着き払って、言葉の誤用にも気づかずに、「乗り換え《コレスポンダンス》」という言葉から想起して「共同責任者《コレスポンサブル》を頂けるでしょうか?」と運転手たちに頼んだ。そして次に乗ったバスの運転手に乗り換えチケットを手渡し、中心街まで移動を続けた。

私のヒーローである兄は、日本料理レストランのオーナーを説き伏せ、そこで雇ってもらえることになった。最初は皿洗いからスタートしたが、すぐに加熱調理場の裏に立ち、曲芸師並みに調理器具を扱う、料理長のポストへと昇進した。神戸の地へと客を誘ったが、兄自身は神戸に足を踏み入れたことは一度もなかった。食材をアクロバティックにさばく手品のような技によって、日本人というアイデンティティがロンに備わった。一方で客は異国情緒に溢れる自分たちの夢を膨らませ、他方で兄のロンは夢の実現へと向かっていった。

ＵＮＨＣＲ――united nations high commission for refugees
ＨＣＲ――国連難民高等弁務官事務所

カナダに到着する以前に私が知っていた略語は、ＵＮＨＣＲ〔国連難民高等弁務官事務所〕一つだけだった。高等弁務官事務所はマレーシアの赤新月社〔イスラム諸国の赤十字に相当する機関〕と協力して、マレーシア全土に点在する難民キャンプに身を寄せていた二十五万人以上のベトナム人難民に、水と食糧を届けていた。なかでもビドン島には六万人近くが暮らしていた。日射しや雨のみならず、ビドン島に数多く実るココナッツから身を守る屋根を提供すべく、多くの人員が島内に配された。こうした事前策にもかかわらず、あるとき女性の頭部にココナッツが落ちてしまい、昏睡状態に陥ってしまった。事件が起きたのは、彼女がココナッツの実からできたお椀とお玉を洗っていた最中のことだった。カナダ代表団の一人が女性を病院まで搬送したいと望んだが、嵐のせいで、彼女たちを陸地へと運ぶはずだった船までボートが辿り着けなかった。水と食糧の不足した状態が何週間も続いたが、この女性はシャム湾横断を生き延びた。エンジンオイルのドラム缶の中に隠れていたところを海賊に発見されたが、見逃してもらえた。しかし残念ながら、夜のうちに運命に負けてしまった。家族も、国もないままに彼女は亡くなった。

この女性に人生が約束した運命とは対照的に、私たちはカナダまで運ばれていった。到着の知らせを耳にしたとき、ロンが私を持ち上げて、上空でくるくると回してくれたのを覚えている。リモワルを走る三番大通りに入居するとすぐに、ロンはできる限り迅速に私たちの学校登録を済ませ、カナダでの生活をすぐに軌道に乗せたいと考えた。先生に会ったり、宿題をみてくれたり、私たちの将来について夢想したりした。ロンが父のカリスマ性と母の大胆さを有していた一方で、双子の弟のほうであるロックと末弟のリンは、一歩後ろで控えめにしているのを好んだ。最初のうちロンは、一九六〇年代に移住した全てのベトナム人留学生のように、二人の弟にエンジニアになる勉強をして欲しいと思っていた。しかしロックはケベック人のボランティアに触発され、彼に倣い、腫瘍学を専門とする生物学者になる道を選んだ。リンのほうは、コンピューターのプログラミングに日夜没頭するために生まれてきたかのようだった。ロンは経営学の勉強を続け、その知識をレストラン「神戸」の支配人になることで実践へと応用した。卒業と同時にオーナーから、市内にオープンさせた「神戸」二号店と三号店の切り盛りを任されると、続いてアジアンテイストのレストランをショッピングモールに出店し、チェーン展開するために投資を行なった。

ロンは大学で仲間と積極的に交わるような生活を送っていたので、我が家の食卓には招待客がいないほうが稀だった。私たちの住むアパルトマンがベトナム人学生の会合の場所となり、共同で新聞を創刊したり、北米ベトナム版オリンピック大会に向けてサッカーやバドミントン、卓球のチームを立ち上げたりした。

玄関に並んだブーツと、ベッドに山積みになった冬物のコートを除けば、サイゴンへ戻ったと言ってもおかしくないほどだった。母のお陰で、まるでベトナム家庭の台所という台所を集めたかのような、典型的な香りに部屋が満たされていた。レモングラスを細かく刻み、ローストして、パリっと焼いた魚の皮に和えた香りや、若筍をソテーし、ライム入りの魚醤に浸した香りに、私たちは浸った。きちんと食事を摂らせたいと望んだ母は、調理に時間のかかる手間暇かけた料理の品々を出してくれたが、なかでもロンの意中の人であったホアが、母を手伝ってくれたからこそできたことだった。

バッチャン　BÁT TRÀNG*3

セジェップ〔一般職業教育学校〕で二人が初めて受講した哲学の授業以来、ホアはロンの後を追い続けた。夕食時の集まりにロンが参加しているときには、彼にお代わりを運ぶのはいつもホアだった。ロンは父から、男女ともに魅了する美しさを譲り受けていた。友人の夢を実現することができたので、皆はただロンについていくだけで良かった。歌という夢を押し殺し理系の勉強をしていた友人は、演劇の授業が行なわれていた教室で、ベトナム歌曲の夕べを開催しないかとロンから声をかけられた。そこで未来の医師であるこの友人は、彼と同じように本当はギター奏者や舞踏家になりたかったクラスメート達と、舞台の陶酔に酔いしれることができた。自ら描くデッサンで世界を捉えることのできる女性がいた。彼女の才能は、化学や物理の授業では開花できないままだったので、ロンが新聞向けに描いてみないかと声をかけた。クラスで優秀な成績を収める者たちのなかには、ときどき隠れた詩人がいたので、両親に知られぬよう偽名でテキストに署名する機会をロンが与えた。

こういった学生たちとは違い、ホアは夢も特別な才能も持たなかったので、看護技能の授業に集中した。とはいえ彼女は、至って控え目にしている術を知っていたし、ロンの邪魔をすることなく、極めて巧みに彼の陰でじっとしていることができた。ホアの最大の美点は、私たちの母の期待と要求に応えることができるという点だった。母からの注文がどれほど常軌を逸したものであっても、ロンは逆らいなどしなかった。母の痛みの重さを、彼が背負っていたからだ。

一滴一滴と濾過されてゆくベトナム式コーヒーのグラスに加える、ホアが砕いた氷の大きさを、母は一切の妥協なく細部にいたるまで点検した。ベトナムでは、氷は一メートルを越える円柱を砕き、ブロックで売られていたが、カナダでは製氷皿の代わりに練乳缶で、このブロックをホアは作らなければならなかった。母に言わせれば、氷の形状がコーヒーの味を左右するのであって、それは彼女がスライスポークを準備する際に、焼き豚の紐の厚みが重要なのとまったく同じことだった。母は幅一ミリよりも厚くスライスされた肉片があれば、カットし直すため、直ちにホアのまな板から肉片を引き取った。骨を取り除いていて、たまたまホアが鶏肉の皮を裂いてしまったときには、彼女から包丁を取り上げた。食料品店で一羽の鶏が丸ごと特売されるたびに、私たちは息を呑《の》んだ。

＊3　bát = 椀　tràng = 領土、土地、場所

こんなとき母は最低でも五羽の鶏肉を購入し、夜に時間を割いては骨の完全除去に取りかかり、鶏が崩れないようにできる限り小さな裂け目を開けて、そこから詰め物をした。

ロンは時折ピクニックを企画しては、しばしばこの料理を友達にふるまった。自分の取り前をただ切り分けるだけで、各自の皿のなかで完結した食事をとることができ、便利だったのだ。その一口一口に、ホアが費やした何時間もの作業と、恭順と、服従が詰まっているなどとは、彼らのうち誰一人として思いもよらなかったことだろう。詰め物用に二段階にわたって調理しなければならない米の炊き方、一度火を通しておいたベトナムソーセージの立方体の大きさ、香りが邪魔にならない程度に付け合わせる必要のある椎茸の絶妙な配合など、母の厳密な注文にホアは耐え忍ばなければならなかった。私と二人きりでピーナッツの皮を一つ一つ剝いているときでさえ、ホアは母の過剰な要求すべてに黙って耐えていた。空瓶を転がしながら、どうやったら種を粉々になる手前まで潰せるのか、辛抱強くホアは私に教えてくれた。

私はホアの気遣いが、故郷であるバッチャン町の長い伝統である、粘土を使った繊細な磁器製造からきているのか、それとも生まれつき身体が弱いという事実を受け入れているからなのか考えていた。はなから自分には大学進学が難しく、それどころか道すら開かれていないということを彼女は理解していた。ホアはただ、自分の愛を表現する機会をロンに与えてもらえることだけを願っていた。看護師という職業柄、患者からもロンからも何ら見返りを期待せず、ましてや自分の誕生日に正式なプロポーズを受けるなどと、ホアは想像すらしていなかった。

香港　HONG KONG　香りの港

引っ込み思案なホアの性格は、すし詰め状態だった香港の難民キャンプで過ごした経験からも説明できるかもしれない。呼吸するだけで、すでに他人の空間を侵食していることにつながってしまう。全ての避難民がそうしているように、ホアもたった独りになれるよう、自分の泡へと入っていく術を瞬時に学んでいった。「君は僕の泡のなかにいる」という表現をケベックで初めて聞いたとき、てっきりそう話してくれた相手の思考のなか、内的空間のなかに私がいてもいいのだと認められ、友情を表明してもらえたのだとばかり思っていた。しかし実際には、彼の領分から私が出ていくよう求められていたのだ。感情や意見を述べることを奨励されている西洋文化とは対照的に、ベトナム人は感情や意見を自分たちのために大事にしまっておくか、かなり自制した形でしかそれを口にしない。この内的空間は、他人が入り込むことのできない唯一の場所となっているのだ。学校の成績から給料に至るまで、睡眠はおろか、全ての愛の物語が伝わってしまうのと同じように、内的空間以外の全てが公的領分なのである。

ニャチャン　NHA TRANG　葦《あし》の川

個々人の細かな情報に対してオープンな気質は、ドアや窓、間仕切り壁の閉扉を拒む、ベトナムの熱帯気候に由来するのではないかと思っている。さらに一つ屋根の下に二、三世代が同居生活をしているためにスペースが無いということ、家族の絆による依存関係、さらには、時折重荷となってしまうこともあるが、感謝として受け継がれるべき家族の歴史という重みによるのかもしれない。子どもの成功は、両親と先祖の手柄となる。家族一人一人が、皆の責任を連帯で負う。もっとも強い者が、最も弱い者を支える。別の言い方をすれば、彼らの成功は、一族に対する責務や感謝の念が欠如している場合は損なわれてしまうのだ。同様に、各人が家族の過ちについて罪の責任を感じ、自分にも責任の一端があるのだと態度で示す必要がある。妻が犯した窃盗で私の母の前に跪《ひざまず》いた男性と、彼の息子と娘のことを覚えている。家中を走り回る音が聞こえるようにと母が私の足首につけてくれた、鈴付きの金のチェーン二本を手にして男はやって来た。私はもう一度つけてもらえるものと思い、母へ向かって両足を伸ばしたのに、母は身を屈めて、跪いてじっとしていた彼の子どもたちの足首にアクセサリーをつけた。窃盗ばかりでなく、我が子に不名誉の罪を着せた責任を負うこの乳母を、その後見かけることは二度となかった。詐欺を働いたことも、下品な言動をとったこともない両親を持つ私たちがいかに恵まれているか、母は事あるごとに繰り返した。どんなに正直者の両親でさえ、代々受け継がれる人々の歴史という重みが与えるプレッシャーに、時折持ちこたえられないこともあったからだ。

かつて教員を務めていた母の友人が、ある冬の晩に私たちに話してくれたことがある。彼女が教鞭をとっていたニャチャンのとあるクラスで、南部軍の軍人を父に持つ若い男子生徒と、北部軍の軍人を父に持つ若い女子生徒が、互いの家族の歴史を知る前に熱烈な恋に落ちてしまった。彼らは、南北が和解した後に育った世代だった。二人の母親がそのことを知ると、敵同士が結ばれてしまうことを阻止すべく二人を助けて欲しいと、母の友人であるこの教員に面談を求めた。母親たちはさらに子どもの友達にまで、二人が別れる気になるよう手伝って欲しいと訴えた。ある日、守衛が中庭で掃き掃除をしながら、葦の箒でセメントをこすっては規則的で反復的な音を立てていたさなかに、少年の母親がすさまじい勢いで教室に入ってきて、わめき声をあげながら黒板めがけて突進していった。「あの子は死んでしまった！」。生徒たちの涙が、母親の叫び声に連なった。その叫びは窓から校庭を突き抜け、他の教室にまで届くほどだった。

皆が涙を流したが、恋をしていた少女だけは例外だった。彼女の両目は乾いたままで、その身体は微動だにしなかった。授業を終え、少女はクラスメートと同じ時間に下校した。いつもと変わらぬ足取り、いつもと変わらぬ息づかい、いつもと変わらぬ動きだった。少女は自分の自転車を受け取るために係員にじっとチケットを差し出し、ようやく受け取った後は、自転車を横で押しながら出口まで行き、円錐形の帽子を頭に被り、顎下にベルトを掛けた。アオザイのバックサイドの裾を引いて右手で押さえ、若さという恩寵とともに古い革張りのサドルに座り、ペダルをこいだ。顔の表情からも、ペダルの動きの規則的なリズムからも、いかなる感情も読み取れはしなかった。遠目に見れば彼女も、ロマンティストたちが白蝶に喩《たと》える他の女子学生らと何ら変わりはなかった。少女たちは、教室を出れば、ひらひらと動く制服を身にまとった自分たちが、共に通りという通りを美しく飾っているのだとわかっていた。心が折れるというよりは、むしろ停止してしまった女子学生も、この穢《けが》れなき美しさから遠ざかってしまったわけではなかった。帰宅すると、ナンバンカラスウリの入ったおこわのおやつ――中国語で「幸福」の文字が上部にかたどられた正方形の菓子で、新郎新婦が先祖の祭壇前で行なう儀式の際に招待客に振る舞う――を用意して彼女のことを待っていた母親に「ただいま」と挨拶をした。

ナンバンカラスウリの果肉で香りと色をつけたオレンジ色の米は、テーブルクロスや装飾品、さらには新婦のドレスの目の覚めるようなふんだんな赤色に囲まれると、埋もれてしまいかねなかった。しかしナンバンカラスウリが年に一度〔十二月から一月にかけて〕しか熟さないために、招待客はいつだってそのオレンジ色を見逃しはしなかった。収穫期外れの結婚は、天国のフルーツとも呼ばれるこの果実無しで行なわれるほかなかった。だからこそ少女の母は、贅沢なほどにオレンジ色をしたその菓子を、娘のためにとプレゼントされて、とても喜んでいた。母親はまるで供え物のごとく娘に菓子を手渡し、彼女のほうは礼儀正しく感謝を述べた。そして十五分間ほど、菓子を口にすることもなく、指で「幸福」の文字を書いていた。教師は女子学生の後を追って、家までついて来ていた。ベトナムの多くの家では、日中よく一階を商《あきな》いスペースとして使い、完全に開け放していたために、教師は女子学生の母親と同じタイミングで、部屋の空気という空気を虚空が吸い込みにやってきたのを感じた。

突如オートバイのクラクションが鳴り、隣家から聞こえるサトウキビの茎を搾る二台のローラー音と、ジュースの注がれたグラスを待っていた隣家の客同士が交わす話し声が止《や》んだ。母親と女性教員が最初の叫び声をあげたのは、少女の身体がタイル張りの床にぶつかる衝撃を受けた後のことだった。二人は少女のこめかみと両足にタイガーバームを塗って目覚めさせようと試みたが、意識を取り戻させることはできなかった。教員はその晩、教え子のもとに残ると申し出た。母親は教師に、生きている人間を見守ることは意味があっても、死人に手を尽くせる者はいないからと答えた。たとえ一度として『ロミオとジュリエット』を読んだり、映画『ある愛の詩』を見たり、『トリスタンとイゾルデ』について話を聞く機会など許されたことがなかったとしても、たとえ少女の文学知識がホー・チ＝ミンの伝記や戦争の英雄伝に限られ、さらには彼女の父親の制服にピンで留められた飾りが、彼女に特権的な将来を保証していたとしても、女子学生は恋人のもとへゆくことを選んだのだ。彼女は、楽園のようなニャチャンの海の美しさに向かって歩きながら、自らは経験していない戦争が遺産として残した重い歴史から解放された。

コペンハーゲン　COPENHAGUE　商人の港

幼少時代を通して、父がよく口にしていた言い方をすれば「風向きを変える」ために、私たちは毎月のように海まで足を運んだ。祖母のひび割れてしまったかかとの皮膚と、すぐに詰まってしまう私の鼻が、塩分を含んだ水のお陰で驚異的に治った。塩気のある大気が兄たちを成長させ、さらには、浜辺で行商人が販売していた干しイカを囲む私たちの笑い声を大きくもさせた。完全にぺしゃんこになった二杯のイカを真っ赤に燃える炭火で焼いたものが、午後一杯家族皆の腹を満たした。繊維という繊維をかみ砕かなければならなかったのだ。弾力を持つ繊維の味は、口の中で「ジューシー・フルーツ」ガムよりも長持ちした。砂浜で楽しく過ごした軽快な時間も、その深淵や美しさと同様、広大さのせいで、海を怖れることを私に妨げはしなかった。父は、とびきり美しい浮き輪を私の胴回りにつけ、たゆたう水へと私を押し出した。押し寄せる波が、首もとに感じる父の息づかいから私を遠のかせるたびに、自分は死んでしまうのだろうと思った。父は水面の平穏さが私を落ち着かせるだろうと考え、アヒルの形をした浮き輪の頭部を水平線へと向けた。同じように、大きな帽子にサングラス姿で、頭部を覆うタオルの下に隠れた母とビーチパラソルが見えるようにと、私を反対方向にも回転させた。しかし二つの眺めは、私をすくませた。この病的なほどの怖れは、生涯を通じて私に住みついた。大海がハーの乗った船を飲み込むことはなかったのだと、私たちが知るその時まで。

エンジンが故障したハーの船は、食糧不足の難破者たちを乗せたまま海上で何週間も過ごしていたところを、デンマークの貨物船に救助された。ハーは難民キャンプを経ることなく、直接コペンハーゲンに渡ることができた。他の乗船者たちの眼差しのなかに、何度もレイプされた自分の身体を見出すリスクを冒さぬよう、彼らに再会することもなかった。英語の知識があったおかげで、ホテルで働きながらすぐに新たな土地に溶け込むことができた。職場でマッサージ療法の存在を知ると、授業を受講し、マッサージ療法士として再出発した。ハーの患者は口々に、彼女が身体を修繕してくれると言った。すぐにハーのカレンダーは、一か月先まで埋まってしまった。全ての患者を施術できるようにと、就業時間を延長した。しかしある日、問診票を記入し終えた後、ハーは一人の男性に対し施術を拒《こば》んだ。それがルイだった。彼に、何か特別違うところがあったわけではなかった。ただルイの眼差しが、ハーを揺さぶった。ヨーロッパヤマナラシの葉のように震えている指を隠すために、両手の拳を握るほかなかったと、ハーは後に語った。

デンマークでハーは、他人の充足感へと気持ちを集中させることができるようになった。彼女は三角筋のなかに失望を、広背筋に気後れを、中臀筋に諦めを読み取る術を知った。ハーは筋線維に眠る、こうした悲しみの在り処すべてを突き止めては、和らげ、軽減させた。可能なときには、母親にしてもらったように、幼い少女の傷の痛みを手につかみとり、消えてなくなるようにと大気へ放ったその動作をまねて、患者の悲しみを取り除いた。ハーの指は彼らに催眠術をかけただけでなく、施術後も長らく、指が刻印したその重みを肌に残しておく才も持ち合わせていた。一方でハーは、同僚からマッサージを受けることは断り続けた。手の圧力が彼女の皮膚にかかったとたん、ひびの入った自分の身体が折れてしまうのではないかとハーは怖れていたのだ。ばらばらになった身体をどうやって繋ぎ合わせればいいのか、まるで暴風雨が過ぎ去った町のように目の前に広がる数多ある破片をどうやって元通りにしたらよいか、わからなくなってしまうのではないかと怖れていた。患者たちは、ハーが心静かで、穏やかで、さらに思慮深い人物だと思っていた。ルイは、彼女の極度の脆《もろ》さと、全てを転倒させるに十分な最初の慄《おのの》きを窺い狙う、ハーのうちに眠る隠れたカオスを即座に見抜いた。ルイは、嵐の夜となるその年の大晦日まで、バスの待合所にいたハーのもとに歩み寄り、お茶に誘うのを待った。何人もの身体バランスを整え、患者の傷を負った長い一日の後に、ハーは自らの両脚が弱り切っていることに気づいた。ルイが彼女をキャッチし、そして愛した。

オタワ　OTTAWA　商業交易

ハーは、コペンハーゲンでの任期を終えてオタワに戻ったルイについて行った。そして私の母方の祖父母の名字を電話帳という電話帳で虱潰《しらみ》しに調べ、母を捜し出したのだった。ルイが私たちのところまで、ハーを連れてきてくれた。再会した日、ハーと母は夜を徹して話し続けた。私は、二人が泣いたり、時折黙ってしまうのを聞いていた。この長く続いた会話のなかで、「幸運」という言葉が、これまで過ごしてきた道のりや数々の試練の要所要所に挟まれた。ルイから愛されて以来、ハーは避難所にいる、傷つき、苦悩し、困窮した女性たちへマッサージ治療を施していた。ハーはまた、彼女たちが自分の姿を鏡のなかでじっと見つめられるよう、ハーと一緒にビージーズの曲が聴けるよう手助けをし、共同の衣装棚から採用面接用の洋服を選ぶのを手伝った。女性たちの友情のおかげでハーもまた、自分が受けた平手打ちの数や、遭遇した海賊の数、逃亡の夜に、あと何歩のところで両親とはぐれてしまったのか、その数を数え始められるようになった。

マンハッタン　MANHATTAN　いくつもの丘を持つ島

十三歳の時に、初めてマンハッタンを訪れた。ハーがルイと一緒に私を週末旅行に連れて行ってくれたのだ。ハーは母に、休暇のあいだ私を彼女の家で引き取ってもいいかと提案してくれた。実の娘であるかのように私の世話をすることを、母はハーに許した。そこでハーは、まず手始めに私のブラウスの襟元と袖のボタンを外すことから始めた。レストランでは、ハンバーガーにするのかピザにするのか、バニラにするかチョコレートにするか、リンゴジュースかミルクシェイクか、どちらか私に決めさせた。オタワを訪れ始めて二年目以降は、ゲストルームを私の部屋にするからと、今度は壁の色を私に選ばせた。ルイとハーは、兄のロンと同じようによく人を招いたので、多くの友人が食卓を囲んでいた。ルイは台所から私を引っ張り出してきては、来客に紹介する役を買って出た。訪問客がやってくると、私の背中の中央に手を置いて頑張るようにと励まし、食事が終わると私の肩に手をのせ、立ち上がって皿を集めようとする私を制止した。パーティーの途中でルイは必ず、折を見て会話を止め、私が必ず返答しなければならない、対等に輪に加わらせるような質問を挟んだ。ルイとハーの家で、私はブルンジ、チリ、モロッコ、スリランカ、グアドループ、さらには「NATO」、「OECD〔経済協力開発機構〕」、国際司法裁判所などの存在を知った。ルイの友人は多種多様な出自の持ち主で、外交という職業柄、転々と居住地のかわる人が多かった。あるいは逆に、こうも言えたかもしれない。どこかの国の市民となったり、一つの場所に帰属せず世界中で暮らせるように、彼らは外交官になることを選んだのだと。

兄のロンはハーとルイに私を委ねてしまったといって、母を幾度となく責めた。薬理学や医学の分野で期待していた安定的で容易な道が、予測不能で混沌とした行く末に変更されてしまったのだ。

上海　SHANGHAI　海の上

上海にルイが駐在していたときには、夏休みの間に私が彼らに合流できるようにと、ハーが飛行機のチケットをプレゼントしてくれた。私は冬から春にかけて夜を費やし、地区図書館で見つけた本を頼りに中国語を勉強した。画数によって分類された、一千字にのぼる漢字の分析も載っていた。驚いたことに、たった一本の水平線から成る数字の「一」を表す漢字が、最も重要だと考えられていた。「一」は根源的な単位を、空と大地の融和を、地平線を、始まりの始まりを体現しているのだ。それぞれの漢字が固有の物語を語っていて、それが他の一文字、二文字、三文字と一緒になり新しい物語が形作られると、当初の意味を変えてしまう。本のなかで示されたまとまりに沿って、私は勉強を進めていった。

言

——発言＋傾ける
挨拶するための身体＝感謝する

謝

——発言＋人＝メッセンジャー／手紙

信

——発言＋喜ぶ＝語る、言う

説

木

——木×二倍＝密生した、密集した

林

——木×三倍＝厳格な／暗い

森

——果実＋木＝成果／完全な、完璧な

果

心

——心＋脳＝考える　思

——心＋見る
注意深く＝期待する／思い出す　想

——心＋貫通する＝不幸／辛い　患

時間との闘いだった。新聞を読めるようになるには最低二、三千文字が必要となるが、半年間で習得しようなどと期待していたわけではなかった。しかし、ルイとハーから贈られた貴重なプレゼントに応えられるよう、最大限の準備をしておきたかった。

中国に降り立つと、早くも空港で「出口」、「荷物」、「入国」という表示が読めたことに安堵した。通りでは「レストラン」、「本屋」、「病院」……の看板も理解できた。かばんの中には、千字には少し欠けるけれど、読んで理解できる言葉が入っていた。とはいえ発音はおろか、文を組み立てるためにこれらの言葉をどうやって並べてゆくのか、知る由もなかった。私は、ルイとハーのレジデンスでキッチンヘルパーをしていたア・イーに可愛がってもらった。雇い主の招待した客然として私が無造作に振る舞うこともなく、年長者に対する子どもの恭順さから、ア・イーの手渡す湯呑み茶碗を受け取るのに両手を差し出したからだ。さらに、綿毛に覆われた繊維質に富む枝豆のさやを私が飲み込んでしまって、危うく息を詰まらせそうになったから。そして何より、四歳児の学童の技量で漢字を書いては、鉛筆を使って彼女に返答していたから。授業がない時は、ア・イーを追いかけて市場やクリーニング店まで行き、一度などは三連休に蘇州までついて行ったこともあった。

蘇州　SUZHOU　地上の楽園

ア・イーの両親は、運河沿いにある先祖代々所有してきた家屋に、いまだに住んでいた。私の中国語のレベルが低かったために、文化大革命から、移り変わる毛沢東の姿とともに、一人っ子政策も経験してきた彼らの愛の物語について尋ねるまでには至らなかった。しかし食が、ア・イーの母と私とを結んだ。正面に建つ家屋の窓で販売されていた鶏もも肉の靭帯を執拗にかぶりつき、欠けてしまった彼女の歯を、床でみつけたのが私だったのだ。ア・イーの父親が私たちの隣で、娘婿と一緒に興じていた象駒のチェスセット同様、もも肉マリネの五種のスパイスの味が、私のなじみとなった。

ア・イーの夫がフランス出張から戻り、私たちに合流してくれた。彼は、高官が貿易任務に就いている間、通訳を務めた。私はア・イーの夫が、フランス好きだったからフランス語を勉強したのだとばかり思っていた。厳密に言うと、むしろフランス語を勉強したことでフランス好きになったのだと、彼は優しく訂正してくれた。ア・イーの夫は、大学入学試験で国内トップクラスに入った学生の一人だった。官僚たちが彼を言語学科に割り振り、さらにそのなかでもフランス語に割り当てた。だから彼はクラスメートと同じタイミングで、最初の「ボンジュール」を発音したことになる。自分の職業や将来を考えたり、選んだりする必要は彼らにはなかった。政府が事前に決めておいてくれたからである。もし許されていたならば、ア・イーの夫は、ずっと変わらず夢中になっている農業工学を選んでいたかもしれない。しかし彼は冷静で、もしそうしていたら、出張に呼び出してもらえるような特権階級に属することもなかっただろうからと肝に銘じていた。雲の上で眠ることも、針葉樹林帯の針葉樹を愛でることも、誕生日にラングーン〔ヤンゴンの旧称〕のシュエダゴン・パゴダに掃き掃除にやって来る信者たちの信仰心を目の当たりにすることもなかったことだろう。「君が自分を知る以上に、国が君のことをわかっているのさ」と、ア・イーの夫が「水に流して」を歌いながら結論づけた。

私の場合は、兄たち、母、そしてハーが、私が自分を知る以上に私のことをわかっていた。

浦東新区　PUDONG　東沿岸地域

ある晩ア・イーは、家にやって来た訪問客全員のリストと滞在時間を含むメモを記したノートをルイとハーに見せ、二人の私生活を国が摑み始めたのだと証明してみせた。ア・イーは毎週、町内所轄の官庁にノートを提出しなければならなかった。蛍光灯で照らされた事務所のどこかで誰かが、ハーが夜中にはっと目を覚ました際にはベトナム語で日記をつけることや、ルイが父親から相続で譲り受けた一九四〇年代製のロレックスの腕時計を所有していること、二人がチベットの学校へかなりの額を寄付していることを知るのだ。しかしルイが、世界で一番美しい女性の隣で自分は目を覚ましたと朝食時によく口にしているのを耳にしたり、日本人形の髪さながらに直角にカットされたハーの美しい黒髪を撫でる喜びを味わう姿を目にすることはないだろう。人混みのなかであってもルイなら、美しいふくらはぎの輪郭線だけで、ハーを見つけ出してしまうことだろう。ハーが人差し指を西洋人のように自分の胸元にもっていく代わりに、アジア人がするように鼻先へ置いて自分を指すのを目にするたびに、ルイの眼差しは恋する者の眼差しへと変わるのだった。私はいつだってルイの手が、ハーの手をつかんで歩く姿を目にしてきた。

ルイは毎日浴室の鏡に、新しい引用を貼りつけた。ハーは、一緒に読みましょうよと私を誘った。私たちは知らない言葉を辞書で調べては、仕事を終えたルイが帰宅するまでに引用の意味が理解できるよう頑張った。「君が僕から受ける口づけが、どんな風かだって？　――炎が舐めるようさ」というヴィクトル・ユーゴーの引用をきっかけに、ハーは私に西洋文化の唇を使った口づけと、ベトナム人の鼻を使った口づけの違いを教えてくれることになった。一方はそれを味わうが、他方は匂いをかぐので、若いベトナム人のあいだでは口づけを求めたり、口づけするのにthom（芳香）という言葉が使われるのだ。ポール・ジェラルディの「もし君が僕を愛していて、僕が君を愛していたら、どんなに僕は君を愛することだろう」は、私たちの時の流れをかき乱した。詩に込められた意図は、願いかそれとも後悔か？　ハーが「後悔」という言葉に瞬時に反応したため、この議論は続きはしなかった。「絶対に後悔しないって、私に約束してね。絶対に」と。

ボストン　BOSTON

だから、アメリカではなくケベックで修学したことを、私は後悔していない。ハーバード大学の図書館で私が幾晩となく過ごした姿を、ハーは目にしている。ルイが国際関係の学位を取得したのもハーバードだった。ルイは私たちを大学キャンパスへ、わけてもタイタニック号沈没の際に亡くなった息子を追悼し、ワイドナー夫人から寄贈された寄付金によって建設された図書館を見学するべきだと言って、連れて行ってくれた。百年経った今も母の願い通りに、息子ハリーの蔵書三千三百冊を収容した一室には、大学から生花の花束が供えられている。祖父レ＝ヴァン＝アンの書架にも、恐らく同等数のベトナム語やフランス語の蔵書が蒐集されていたはずだ。

サイゴンに第一陣となる共産主義《コミュニスム》の戦車が到着すると、直ちに祖父は政治関連の書物を燃やすよう、私たちに命じた。反革命的な品物を所有していることで背信行為と糾弾されるのだけは免れるようにと、続く何週間で歴史書、小説、詩集も破り捨てた。混沌とした時代には、哲学者よりも管理人でいるほうが、裁判官よりも建具師でいるほうが好ましい。祖父はある日の午後、ロンとチェスの勝負をしている最中に、警官たちに連行された。三日後に釈放されたのは、恐らく祖父が裁判官の立場にあったときに、レジスタンスの友人たちを解放していたからではないだろうか。あるいはまた、囚《とら》われの身として監視されていた、グアバの木の下にあるベンチに横たわった祖父の一部不随であった身体を包む満月の光が、巡査長の琴線に触れたからかもしれない。祖父が戻ると、タイル張りの床をコッコツと鳴らす杖の音から、蔵書のほこりを払っていた責任者をはじめとする使用人たちの不在が、なおのこと強調された。

もし祖父があれほど急いで私たちのもとを去っていなかったなら、性教育の必修授業に関する私の意見が母を怖れさせていたとしても、アメリカの大学寮で過ごせるよう私を出発させるべきだと母を説得していたことだろう。純潔の大切さについて私に念を押しながら、母は承諾のサインをしていた。長いこと、母に口答えしてしまうよう私を駆り立てていたのは、思春期を迎えた自分のホルモンのせいだとばかり思っていた。「身体は物じゃないのよ。だから新品とか、使い古しとか、中古なんてことにはならないの」。時間が経ってから、こういった物の見方がむしろハーや、『リーダーズ・ダイジェスト』誌で読んだ、海上でボートピープルの受けたレイプに関する記事から来ているのだと理解した。

当時、私は十五歳だった。卒業生のダンスパーティーに向けた資金調達イベントで、バレンタインデーのカーネーションと引き換えに花置き台でドルを集めていた私に、一瞥《いちべつ》であれ、目を留める男の子などいなかった。学校でもトップに入る優秀な生徒の一人であったにもかかわらず、私は雨に濡れるサンカヨウの花びらのように透明だった。クラスメートの前で友人に迷惑をかけぬよう、自分を消してしまう術さえ知っていた。これといった決め事などのやり取りをしていたわけでもなかったのに、廊下やカフェテリアですれ違うときに視線を避ける方法を私たちは知っていた。クラスで何時間も過ごした後に、毎日私たちが電話で話していたなんて、誰も気づきはしなかった。彼女が編み物の虜《とりこ》になっているのを私は知っていたし、彼女のほうも、私が「贈り物」という特別感を一年中保ち続けることができるようにと、こっそり購入した包装紙で本を一冊ずつ包むことに夢中になっているのを知っていた。マルグリット・デュラスであれば「特売品の特売」とでも形容するような、安売りされた包装紙の箱に費やされる一ドル一ドルは、ベトナムであれば三、四日間ほど我が家の一人分の腹を満たすに十分な額だった。これが私の初めてとなる、エゴイストで、熱に駆られた行為だった。側にいた義姉のホアに対する母の非難から、私を守ってくれたのも本だった。本を読んでいなければ、教室の奥に座る、りんご飴と同じくらい薔薇色の頬をしたクレマンの青い瞳の奥にある気高さに気づくことも、恐らくはなかったことだろう。私に似た「存在感が少し希薄な男子」に私を紹介したいという、母の友人からの申し出を断る勇気を与えてくれたのも本だった。

リムスキ　RIMOUSKI

母はケベック州ベトナム人女性協会とも仕事上のつながりがあったので、ほぼ全ての母親を知っていた。新年の祝賀会には、州内各地に暮らすベトナム人がモントリオールのコンプレックス・デジャルダンに集まるため、母はふんだんに料理を作った。ベトナムでは、元旦に立派な人物が最初に家の敷居をまたぐ姿を見ることが祖父母にとって重要だった。最初に訪れた人物が、向こう一年に降り注ぐ成功、あるいは不幸を決定するとされていたからだ。ベトナム人はこの伝統を、ケベックの暮らしのなかで放棄してしまった。というのも年によって、新年の日付が一月二十一日から二月二十日の間で変動し、祭日にあたることは滅多になかったからである。そこで私たちは、太陰暦で本来元日にあたる直前の日曜日にテト〔ベトナムの旧正月〕を祝うことにしていた。数千あまりの来場者を迎え、さらにはフード・スタンドを設置することから、かなり広い場所で開催する必要があった。

普段は貧しい移民者の習慣が染みついていたが、このときばかりは皆あまり深く考え込まずに、また罪悪感を感じることなく財布の紐を緩ませるのを自分に許していた。レストランや仕出し屋は、たった一日でひと月分を売り上げ、各コミュニティー団体は年間資金相当の募金を集めることができた。料理の才を誇示したいと努める女性たちが容赦なくしのぎを削り、とはいえ連帯感を持って競い合うことで、提供する一品一品のレベルが高くなったベトナム人女性協会が、恐らくは売り上げのトップだったのではないだろうか。こうしてテトの直前にあたる日曜日の朝ともなれば、母とホアと私は早朝から目を覚まして、ライスペーパーに包むハーブや薄くスライスした豚肉、縦半分に切った小エビを準備したものだった。私たち三人の手の大きさが違っても、すべての生春巻きが同じサイズでなければならなかったし、ニンニクをこすりつけたチャイブも、アンテナさながらに毅然と三センチ飛び出ていなければならなかった。私たちが作った生春巻きやベトナム餃子、パテ・ショー、キャッサバのケーキを若者たちが購入していくよそで、母親たちは、友人や知人から、息子さんにと推薦された若い独身女性たちを一瞥するためにスタンドを往来していた。

リムスキに在住している青年の話を、母がとある女性から聞いたのも、ある年に開かれた新年の祝賀会でのことだった。その女性は、星座の相性が良いという理由から、青年が私にとって良い夫になるだろうと考えた。「あまり美男子ではないけれど、あなたのお嬢さんのヴィみたく働き者よ」。母の目に映る私は、気が弱くてぱっとしなかったので、母は強い男性を私にと望んでいた。そこで愛想よくにっこりとして、「ご親切に、その通りね。でも、そんなに遠くから来てもらうなんて青年にお気の毒よ、いけないわ」と言った。この喧噪《けんそう》のなかで、ふと「内在的」という言葉が私の耳に聞こえてきた。私たちのスタンド前に並ぶ列のなかで、友達と会話をしていた青年が発した一言だった。この言葉を私は知らなかったけれど、その言葉を発した青年の妹のことは知っていた。私の横でレジ担当をしていたのが彼女だったのだ。「ベトナム一の美少女」というそのあだ名に、私はひどく怖気づいていた。驚いたことに彼女は、私のそばに近づくと、ストレートの黒髪と、まぶたの皺に隠れていたふさふさの睫毛《まつげ》とを褒めてくれた。最初の休憩時間に私をトイレに連れて行き、睫毛の本当の長さを理解できるようにと、マスカラを塗ってくれた。この新しい発見以前、私はその存在に気づいてすらいなかった。まるで古くからの友人みたいに私の手を引っ張って、彼女は兄のタンに私を紹介してくれた。私はタンの「内在的」という言葉に考えを巡らせていたので、口がぽかんと開いたままだった。そして彼の微笑みに、瞬く間に魂を奪われてしまった。

ローマ　ROME

タンは私よりも八歳年上だった。全き幸運により、モントリオールから仕事の都合でケベックへと越してきて、バドミントンを通じ、三人の兄たちとも親友になった。我が家にも頻繁に出入りしたが、あまりに頻繁だったので、数多くいた親戚がカナダにやって来たばかりの頃に我が家に住んでいたのと同じように、タン専用の鍵を渡すほどだった。我が家の広さがどれくらいか、親戚の人数がいかほどか、そんなことを気にすることもなく母はＦＯＢ (fresh off the boat) ――下船したばかりの人々――が泊まりたいだけ泊まれるよう、扉を開け放っていた。人の出入りが激しかったので、一度など兄のロックが家の中で泥棒と出くわしたというのに、誰かの友人だと思って、気に留めることさえないほどだった。一本の車の鍵を皆で使い回していたので、よく目立つところに置いていたのを犯人が持ち去っていったのだ。警察が車を見つけ出すまでの間、タンが親切にも、また惜しみなく車を貸してくれて、必要とあれば運転手役も買って出てくれた。こうして私は幸いにも、彼と二人きりの時間を過ごすことができた。

兄のリンが雇い主に頼み込んでくれたおかげで、私は十六歳にしてリンと同じ会社で働くことができた。誰もいない広大なオフィスで、保険証券や小切手、請求書、他にも型どおりの書類をコピーしては夜を過ごした。こうして、用紙箱を二回交換する合間に、私は宿題をしたり、勉強をすることができた。ミスがなければ、二十二時頃に仕事が終わった。しかし機械やコンピューターのプログラムは、自然災害や大事故が保険加入者に降りかかるのと同じタイミングでフリーズしてしまう。こういうとき、私はよく最終便のバスに乗り遅れてしまった。すると、新しいズボンの裾上げや、洗ったばかりのズボンにアイロンをかけてくれたお礼に迎えに行くよと、タンが申し出てくれた。

父に対する母や、ロンに対するホアのように、私も一週間に何度タンが私の名前を口にしたか、その回数を数えては書き留めながら、ゆっくりと、辛抱強く、彼を愛さなければならなかった。コートが冷たくならないようにと、暖房機にタンのオーバーコートを掛けておいた。ぬるくなってしまわないようにと、彼のグラスにビールをつぎ足した。ローマでタンが過ごした青少年期が今なお続くようにと、コーヒーの傍らにビスコッティも添えた。タンの父親は、最初はベトナム人留学生として、その後はイタリア人エンジニアとして、ローマの街で暮らした。タンはスパゲッティ・アッラ・カルボナーラ、すなわちパンチェッタとパルミジャーノ・チーズのパスタを、私たちに手ほどきしてくれた。イタリア語で曲を歌っては、パヴァロッティの真似をした。映画『甘い生活』だけでなく、マルチェロ・マストロヤンニが出演している全作品を私たちに見せてくれた。母や私に、パソドブレ、タンゴ、チャチャチャも踊ってみせてくれた。サンタナの「ブラック・マジック・ウーマン」は、今なお私の頭の中で、タンの「一、二、チャチャチャ」のリズムで回っている。我が家に住む人の多さでは、こうした自然発生的なレッスンがすぐにお祭り騒ぎと化し、リンが誇らしげにベストアルバムのカセットを流していた。

祭り気分で過ごした時期も、タンが新たなプロジェクト業務に向けて雇い主からモントリオールへ呼び戻されてしまうと、終わりを告げた。タンの出発が、私に大胆な考えをもたらした。母と兄たちの意向に逆らってしまう形となるが、彼の後を追い、モントリオールの大学へ翻訳学科の入学許可を申請するというものだった。母たちの失望に満ちた不安げな視線から、私は逃げ出した。ケベックで最初にできた友人のように私も外科医になるのだと、長いこと自らも含め周囲を納得させてきた。ある時その友人が、私を学校の図書館に連れて行き、彼女の将来の夢を写真で私に見せてくれたことがあった。当時の私には夢を思い描く力がなかったので、彼女をまねることにした。友人の選択を我が物とし、卒業アルバムに書き記して、永遠に残るまでにしてしまった。この選択は皆に気に入ってもらえたし、期待に応えるものだったので、私がそれを説明する必要などなかった。こうした経緯があったために、翻訳を勉強するという私の決断に周囲が、ごく限られた人数とはいえ、悲嘆にくれてしまった。誰もが不安定な私の将来を心配したが、本当は、私がほぼ全く英語がわかっていないということを、そして程度こそましとはいえフランス語もよくはわかっていないことを心配するべきだったのだ。賛成していなかったにもかかわらず、三人の兄たちは引っ越しの日に、私のポケットにお金を滑り込ませてくれた。大学寮の私の部屋となるドアの入り口で、母はとてもゆっくりと、低い声で、私にこう言った。「自分が間違いを犯したと気づいたときは、それを認めて、他所でやり直す勇気をあなたに持って欲しいの」と。

国連　ONU　国際連合

しかし私がそんな勇気を持つことなど、一度もなかった。零点を積み重ねては、部屋の薄明かりのなかで独りポツンとしていた。母から離れていることで、少なくとも自分の失敗から母を守っているのだと、自らに言い聞かせては慰めた。落第点の連発は、私がグレヴィス〔ベルギー出身のフランス語文法学者の権威〕の辞書を読み続ける必要があることを、常時リュックサックに入れて持ち歩く必要があることを、私に諭《さと》していた。たとえその重さで、春には水たまりで、冬には薄氷で時折転倒してしまったとしても。何冊も辞書のページを繰りながら、たしかに進歩はしていたけれど、ハーが望むようにニューヨークで国連の通訳を務める日など決してこないと、自分の抱える困難が、日々私に認めさせた。勇気がなかったので、私は三年間に及ぶ勉強を続け、自分に相応しくもない学位を取得した。この時代の自分の姿を振り返れば、教室にいても学校の廊下にいても、タンの家族に囲まれているときでさえ同じように背中を曲げ、首を垂れ、不面目さから鈍重だったのを思い出す。

兄たちは、私の面倒を見るという役目をタンに託していた。そこで、当時まだタンが住んでいた彼の実家に、少なくとも二週間に一度は一家団欒《だんらん》の食卓に招いてもらっていた。時折タンが私の面倒を姉妹に任せることもあった。すると彼女たちは、モントリオール在住ベトナム人のパーティーに私を誘ってくれた。バルコニーでテーブルを囲みながら、タンと姉妹の共通の友人たちが成績について、医学部卒業後に選択を予定している専門分野について、あるいは購入を計画している薬局やら、ベトナム人がまだ未開拓の、あの地区だったりこの地区の開業すべき歯科クリニックについて話し合っていた。シェークスピアの引用を、モリエールの同等表現で翻訳する教授の神業について語る私の話はおろか、フランス語と英語のフォザミ〔空似語のこと〕のリストに興味を示す人など誰一人いなかった。habit〔フランス語で「衣服」、英語で「習慣」の意〕は、男性がよく同じ服を着ているという理由から、英語では「習慣」という意味になったのか？ bribe〔フランス語で「残り屑」、英語では「賄賂」の意〕は、英語でどうやって「賄賂」という意味になり得たのか？ gentillesse〔フランス語で「優しさ」の意〕があまりに穏やかだったために、gentil〔フランス語で「優しい」の意〕が英語のgentle〔英語で「優しい」の意〕へと変形したのだろうか？ こうした面食らうばかりの類似と違いを前に、私はすっかり魅了されてしまったが、そのことで皆を退屈させてばかりもいた。しかし互いの無関心にもかかわらず、パーティーへ行きさえすればタンの笑顔が見られたし、彼の声音の記憶を一新させ、彼の手の動きにまた触れることができた。

シブガモ　CHIBOUGAMAU　待ち合わせ場所

シブガモ出身のクラスメートで、その後大親友となったジャサントがいなければ、私が翻訳学の学位を取得することなど決してなかっただろう。最初の授業で課された練習問題に取り組んでいるときに、彼女に「修辞学」の意味と、「大惨事」という単語が男性名詞か女性名詞か尋ねた私の無邪気さに、ジャサントは打たれたと言う。惨憺《さんたん》たる成績結果を受けて、教授が学部を変更するよう私に強く勧めてきたにもかかわらず、ジャサントは私に勉強を続けるよう説得した。かつて一度たりとも私は、クラスのビリになったことなどなかった。恥ずべき自らの成績を前にした屈辱も、ジャサントの大きな愛情によって乗り越えることができた。図書館に戻ったら、失われた時間を取り戻すために宿題を手伝うからと約束しては、ジャサントはよく私をショップやカフェ、公園へと連れて回った。長時間におよぶ勉強に休憩を挟んでは、私に体を動かすよう促した。毎週水曜日の夜は無料で美術館を訪れることができたので、画家の名前を二人で学んでいった。ジャサントから、私は情熱を学んだ。

ジャサントは知人や友人に、私を「美しいヴィ」と呼びながら紹介した。「私たちのヴィは綺麗よね？」とタンに尋ねては、肯定的な返答を求めた。タンは意見を異にしていたけれど、恭しくうなずいては同意した。私について評する母親に耳を傾けるタンの姿を、私は何度か見ていた。「ヴィは背が高いけど、本当に色が濃いわね」「かわいそうな子！　でも、少なくとも彼女は親切ね」。毎週金曜日と土曜日に働いていた日本食レストランの裏にある駐車場で、ある晩タンが私にキスをするなんて、思ってさえみなかったわけである。私の髪についた、天ぷらの匂いに混じる鰻《うなぎ》の蒲焼とすき焼きの香りが、タンのオーデコロンを陶然とさせた。タンが軽く触れたのは、恐らくは私の太ももだけだったのに、まるで身体中が触れられたかのようだった。

類義語や対義語辞典を読んだり、ジャサントや彼女のシェアハウス仲間と一緒に編み物をして、私は次の約束を待った。ようやく私のもとに戻ってきたタンは、母親のフラワーアレンジメントを失敬して、私にマーガレットを持って来てくれた。しかしそれは生花ではなく、プラスチック製のマーガレットだった。私の部屋で過ごす二人だけの食事に、タンはデザートを持ってくる必要などなかった。冷蔵庫のなかに、彼のお気に入りを入れておいたからだ。自分ではコーヒーを飲まなかったけれど、彼が私の隣で目を覚ますときには、毎朝淹《い》れたてのコーヒーを準備した。そうしたいと言い出す前から彼のキーホルダーに私の鍵を加えておいたので、タンは望むままに私の部屋を訪れることができた。

コート・デ・ネージュ　CÔTE-DE-NEIGES

学位取得後、二人で勉強が続けられるように、ジャサントはコート・デ・ネージュへ向かう途中にあるアパルトマンをシェアしようと私を説き伏せた。ただし、今度は法律を勉強することになった。居間の壁を深紅色に塗り、友人の画家たちの手による油絵を至る所に飾った、ジャサントの作り出した巣の快適さに包まれて、タンはさらに頻繁に私と夜を過ごした。彼の不在が続き、繰り返されるようになると、いよいよタンの両親の逆鱗に触れてしまった。彼らはベトナムの慣習を一つ一つ確認すべく私を呼び出し、タンの父親の忠告で締め括った。「こんな風にお母さんを辱め続ける前に、お母さんに対して負うべき感謝の念について考えなさい」と。

タンが私を援護し、私たちを擁護し、彼自身を自己弁護してくれるものと私は期待していた。しかし驚いたことにタンもまた、良家の子女であれば、男性に対してこれほど完全に身を任せることはしないという意見だった。にもかかわらず怠惰から、安逸さから、安楽さから、タンは私のもとを去らずにいたのだった。

この知らせが、私が一度も会ったことのない人たちを介して、母のもとまで届いてしまった。憲法学の初回小テスト後に、私の住むアパルトマンの前で母が私を待ち構えていた。彼女が玄関の敷居を跨ぐ先から、私は膝を曲げて土下座した。母は私に二言三言、言いたかっただけなので、コートを脱ぎもしなかった。「あなたの教育を失敗してしまった。私は、自分の失敗作の顔を見に来たのよ」。そしてやって来たときと同じくらいあっという間に、車内で母を待っていた兄のロックとともに帰っていった。その後郵便受けに、三人の兄たちから送られてきた手紙と、百カナダドル紙幣で一杯になった封筒が入っているのをみつけた。手紙には「できれば春休みに、僕たちに会いに帰っておいで」と書いてあった。

ベルリン　BERLIN

壁の崩壊を祝うためにベルリンへ出張中だったタンに合流するといって飛び立った私は、母の最後の希望の火を消してしまった。タンは、一時代の終焉と東西の終結、そして長き分断の終わりを刻印するこの二か月間、仕事でベルリンに滞在していた。タンがいない間、私は毎日彼に手紙を書いた。その返事として私が受け取ったのは、二枚の絵葉書だった。そのうちの一枚は、ドアノーの「パリ市庁舎前のキス」だった。タンは葉書に「百聞は一見に如《し》かず」と記していた。私はこの二枚の絵葉書を、どこへ行くにも持ち歩いた。授業中は教室机に置き、移動中はかばんに入れ、歯を磨くときは鏡の横に飾った。タンの手で書かれた自分の名前は、かつてないほど得難く美しく記されているように見えた。タンがベルリン旅行に誘う電話をくれたとき、私は彼の元へと飛んで行くために、クリスマスイブの後に家族を見捨ててしまった。

ブランデンブルク門前の壁は低く、幅がかなり広かったので、私とタンはその上に登り、両方向からやってくる群衆を目の当たりにすることができた。世界中のあらゆる国の言葉が、私たちの周りで混ざり合い、一つになっていた。壁をよじ登れるようにと、私たちを地面から持ち上げてくれたフランス人のジャーナリストは、寝る所がなければ、彼が宿泊するホテルの部屋の床で寝ればいいよと申し出てくれた。私たちを壁の上に引き上げてくれたポルトガル人の銀行員は、彼が持っていたアルコールを、何口か私たちに分けてくれた。オランダ人の女子学生は、板チョコをシェアしてくれた。昼のあいだ東ベルリンを訪れたときはとても寒かったのに、その晩は、ベルリンの壁を訪れた者同士、絶え間なく抱き合い、抱擁し合っていたので、レバノン男性の腕からタンが私を引き離すまでは暖かかった。私の身長の二倍はあるその男性は、皆にハビビ〔愛しい人の意〕と声を掛けていた。こうして私は、タンの不満げな足取りの後について壁を下りたのだった。

兄たちと母は、私が持ち帰った壁の破片を受け取っても喜びはしなかった。彼らの目にはこの破片が、先祖や文化、そしてあらゆる母の努力と犠牲に対し私の敬意の欠如を示す、タンとの逃避行の証に映ったのだ。

リオデジャネイロ　RIO DE JANEIRO

状況を正常化するために、そしてまた辛うじて残っていた両家の評判を守るために、タンの両親は私の母とともに二人の婚約準備を整えた。両家先祖の祭壇前に私が跪いた瞬間から、私たちは互いの両親をバーとマー、「父」と「母」と呼ばなければならなかった。リオデジャネイロから飛行機に乗り、ハーとルイが式に駆けつけてくれたことは言うまでもない。ハーは常々、私のヘアメイクは伝統的なティアラを使って、彼女が担当するのだと言っていた。彼女の時代に流行った太巻きカールを作るために私の髪からカーラーを外しながら、ハーは三十歳になるまでは結婚しないと約束してねと言った。研修生として弁護士事務所で長い時間を過ごしていた私に対して、タンの不満がすでに溜まり始めていたけれど、ハーの執拗な忠告がなければ、私たちはきっと結婚の準備を進めていたことだろう。

ジャサントも、私の事務所に隣接する大手事務所に勤めていた。新入社員が二十人ほどいて、私たちは大いに働きもしたが、仕事の終わる二十二時頃にはよく皆で食事に出かけたりもした。ジャサントに求婚する者は多く、その数は何十人にものぼった。ジャサントは法曹界中で、すぐに知られる存在となった。八重歯の犬歯ばかりでなく、男勝りのボサボサな髪もまた、その笑顔を突出させた。彼女はファンタオレンジ色のワンピースやアイボリーの上下一揃い、真珠以外のイヤリングを大胆にも身に着ける、数少ない女性の一人だった。女性的なのにフェミニストでもある女性特有の気取りなさをジャサントも兼ね備えていて、デコルテの開いた服や目がくらむほどのハイヒールを身に着けていた。

アパルトマンで私たちが最初に開いたパーティーには、たくさんの同僚が友達を連れてやって来たので、いったい何人集まったのか数え切れないほどだった。タンは、見知らぬ者が私のベッドでまどろむ姿を見かけたり、浴室でふざける姿を目にしてはイライラしていた。そしてパーティーのさなかに、二人の物語にピリオドを打つ、その幕開けとなるようなコメントとともにアパルトマンを去った。「きみは、こんな人たちと『働いている』っていうのかい?」。

「よく働き、さらによく遊べ」を信条とする若者が集まったこの陶酔の夜以降、タンは私が作るシチューや、ジャサントの両親が差し入れてくれるレモンピール入りパスタやミートパイでは、もはや満足しなくなっていた。ある晩タンは、事務所の週末慰安旅行と日程が重なってしまい、私が彼の曾祖父の命日に出席できないと知ってひどく憤慨した。そして彼のためにと作ったクロックムッシューを、皿ごとゴミ箱へ放り捨ててしまった。ジャサントが雌ライオンのように椅子から飛び上がり、タンを追い出した。私が怯え、恥じ入る眼差しでジャサントに哀願していなかったら、低く力強い声で「あなたは彼女に相応しくない。出て行って」と言い放っただけでなく、恐らくや彼に平手打ちを食らわしていたことだろう。

短時間でいいので会ってもらえないかと、タンの両親に電話をかける勇気を持つまでに、私には何週間という時間が必要だった。二人は息子の同席を求めた。私は婚約時にもらった金のイヤリングとネックレス、そしてタンが最後の最後に私のいる目の前で、彼の母親の知人から、全幅の信頼を置いて一瞥もしないままに購入したダイヤモンドの指輪を、彼らに返した。箱もついていなかったし、プロポーズも約束も無かった。常識外れの自分を、タンの両親が嫁として受け入れてくれて、自分はなんて恵まれているのだと思わなければならなかった。母がその場にいないことを詫びたが、彼らも子を持つ親として、私が不名誉のこの瞬間を母に味わわせたくないことは理解してくれた。この悲劇は私が従順でなかったことに起因すると、タンの母親が結論づけた。彼女のアドバイスに従うべきだったし、ただタンの友人とだけ仲良くしていればよかったのだ。タンは、最初からわかっていたんだ、車内で初めて口づけを許したときから、きみがあまりにも西洋的だということはわかっていたんだ、とぶつぶつ言いながらドアを閉めた。

私の振舞いは、全くもって尊敬に値する両家の評判を落としてしまった。興味津々な母親たちの質問に母は答えなければならなかったし、とりわけ凶器ともなる批判に耐えなければならなかった。「ヴィに一人暮らしを許したのが、間違いだったのよ」「ハーがヴィに悪い影響を及ぼしたのよ」「今さら彼女を望もうなんていう男性が現れるのかしら」……。

母との関係を、私が打ち壊してしまった。母を打ちのめしてしまった。父が母を打ちのめしてしまったように。

カンボジア　KÂMPŬCHEA　クメール人の土地

もしも弁護士会会長となった同じ事務所の女性弁護士が、プノンペン、ハノイ、ルアンパバーンの弁護士会との会談に向けて一緒にカンボジアまで出張に行こうと誘ってくれなかったら、私も打ちのめされていたかもしれない。カンボジアで私たちは民法典の起草や、植民地支配が終わった後の、植民地主義無き状態でのフランス法が及ぼす影響について、さらには東西、または共産主義《コミュニスム》と資本主義のイデオロギー的境界の消失などについて議論した。シャツを着てネクタイを締めた外国人専門家が、外壁の弾痕だったり、時にはスレート黒板の下に見かけるような内壁の弾痕を考慮に入れないまま、分析を披露した。私たちが裁判官独立の重要性を訴えているあいだ、プノンペンまで一時間かかる村から、毎日私たちの会議室の横にある学校まで徒歩で通学していた九歳の少年は、ノートに英語－クメール語とクメール語－英語辞典のそれぞれのページを書き写していた。彼の村には本が無く、ましてや裁判官などいなかったのだ。身体の一部が切断されている人々や、レストランのテーブルに置かれた武器を無視すれば、立ち並ぶその豪奢な寺院や邸宅から、「アジアの真珠」プノンペンを想像することは容易であっただろう。ポル・ポト政権下、死へと向かう被迫害者の足音に耳を傾けるには、シェムリアップの寺院を訪れて、略奪者によって破壊され、打ち捨てられた仏像の頭部に足を躓《つまず》かせれば十分だった。

何百と山積みになった頭蓋骨と、足をつかまれ、木の幹に叩きつけられている子どもたちの姿は、シェムリアップを終日訪れた後では見慣れた光景となってしまう。アンコールのとある寺院で、サロン〔マレー人の民族衣装の腰布〕を着た老婦人が私の手をつかみ、光溢れる一隅まで連れてゆき、そこで私の胸を数回叩いた。悠久の時を刻む石のこだまが胸郭内に広がり、私に命の呼吸を取り戻させてくれた。肌に触れたこの骨ばった手の刻印のお陰で、思い切って腰を下ろし、かばんの奥から引っ張り出したピンク色のサテンリボンを、観光客に水と蟻の卵を売っていた少女にプレゼントすることができた。

太陽も沈み、この幼い商人をどうやって未来無き彼女の明日へと委ねたものか、私が途方に暮れてしまっていたときに、男性三人のグループが私たちの前を通り過ぎた。そのうちの一人が、アンコールの街は、他の二人が暮らす現在のパリよりも広い面積を占めていること、そして守り神という役割を司《つかさど》るデヴァターを、神々と同じくらい多くの人間もまた魅惑してしまう踊り子アプサラスと混同してはいけないとフランス語で説明していた。そこで私は、父が所有していた二体の貴重なアプサラス像の彫刻を「文化的堕落」と呼んだ共産主義者《コミュニスト》の検査官が、果たしてこの違いを知っていたのだろうかと考えた。もしかしたらその検査官も、一瞬にして私が三番目の男性に対して陥ったように、アプサラスにすでに夢中になってしまったがために、父から二体の像を没収したのかもしれなかった。三番目の男性は指先で、アプサラスたちのしなやかで、扇動的で、外界へと広がる手の曲線を、壁の上から長らくなぞっていた。

翌日、この外国人男性の襟首と彼の肩の丸みの、鮮明で消えることないイメージとともに、私はモントリオール行きの飛行機に再び乗った。まさにこの首の窪《くぼ》みに、自分が眠りにつく日が来ようなどとは思ってもみなかった。

ルネ・レヴェック大通り　BOULEVARD RENÉ-LÉVESQUE

帰国後、同僚の弁護士から彼の個室に呼び出されると、政策改革に関するベトナムでの長期支援プロジェクトについて話があった。ベトナム系アメリカ人が勇気を振り絞りベトナムへ旅行した際、時折自分たちの家が破壊されているのを目の当たりにすることや、ベトナム系カナダ人が国会前で両国の国交回復に反対してデモをしていることも知らぬまま、同僚が全国でも最も優秀な人物の一人として知られていたという理由から、無条件で彼についてゆくことにした。プロジェクトが極めてデリケートで、もっぱら政治的な性格を有することに全く無自覚なままに、飛行機に乗ってしまった。

常設オフィスがみつかるまで、チームで宿泊していた小さなホテルに、私たちは本部を構えた。日中は、私たちの部屋がオフィスともなり、レストランや会議室ともなった。朝食も、昼食も、夕食も、皆でともにした。各自の部屋のドアを、夜遅くになって同時に閉めていた。

一九七〇年代のベトナムには、「環境」や「ＡＳＥＡＮ」と同じように「ソフトウェア」という言葉が存在しなかったので、私は夜も仕事を続けた。各言語の国語辞書に加え、英仏、仏英、英ベトナム、ベトナム英、仏ベトナム、ベトナム仏辞書を使って調べものをした。私がかつて知っていたベトナム語は、亡命の烙印を押され、ベトナムにソ連人がやって来る以前、キューバ、ブルガリア、チェコスロバキア、ルーマニア等と緊密な関係を結ぶ以前の旧《ふる》き現在に固定されてしまっていた。ポーランドのワルシャワには三万人以上のベトナム人が暮らしており、ベルリンのベトナム街は、モントリオールにある中華街の規模をはるかに超えていた。ベトナムとベトナム人の歴史が、記されることも、語られることもなく存続し、拡大し、入り組んだものとなっていた。

トンキン　BẮC BỘ　北の境界

鉄のカーテンの向こう側で過ぎ去った二十年間の足跡を、断片的であれ辿ってみたくて、私は屋台の周りをうろついた。宿泊していたホテルの前には、屋台がたくさんあった。レバーのパテ入りバインミーを出す店もあれば、焼きビーフンを提供する店もあったが、多くの店ではトンキンスープが売られていた。モントリオールやロサンゼルス、パリ、シドニーあるいはサイゴンで調理されたものと何ら共通点のないハノイのトンキンスープを飲んで、私は日々を終えていた。ハノイでは、スライスされた牛のレア肉を数枚添えたスープが提供されたが、以前私が食べていたトンキンスープには、必ず十数種類の食材がのっていて、たとえばすじ肉、胃袋、脛《すね》肉、タイバジル、もやしなどが入っていた。ベトナム南部の人間は「ダース」という表現を用いて、北部の人間の、倹約家で控え気味な精神を好んでからかう。北部で「ダース」と言えば十個を表す。中央北部では十二個を表し、中央南部になると十四を指すが、メコン流域に至ると十六、さらには十八になることさえある。

初めのうちは、ホテル前の歩道に店を出す料理人兼店主の作るトンキンスープには、全く風味が感じられないとばかり思っていた。しばらく経つと、鶏肉入りスープの場合にはカフェライムリーフを、牛肉入りスープの場合には焼き生姜の風味を引き立たせてくれる、そのシンプルさを評価できるようになった。当然店主の女性に、私のスープには匙《さじ》一杯分のグルタミン酸ナトリウム塩で味付けしないで欲しいと頼まなくてはならなかった。戦時中、塩は貴重な調味料だった。しかし困難を極める時代にあっては、塩は味を強めるためだけに用いられたわけではなかった。味そのものであると同時に、白米にのせる唯一の食材でもあったのだ。今日、本物の鶏肉がスープに入るようになっても、もはや肉が配給制で割り当てられることなどなくなっても、習慣から私の料理人兼店主は、味わいを深めるためにこの調味料を使い続けていた。他方で、老練な反射神経が残っていたお陰で、店主は警察によるガサ入れのリズムにも従うことができた。警察には公道を不法に占拠している人々を一時的に追い払う任務があったが、一度にガサ入れできるのは歩道の片側と決まっていた。そこで私の料理人と彼女の夫は、四、五名の客に自分のどんぶりを持って立ち上がるように頼んで、自分たちは道の反対側へとテーブルを移動させた。検査は数分しか続かず、店員は歩道の位置をただ変えるだけで良かったが、それでさえ近所の人たちがかなり前から知らせてくれた。一度など、木の下でスープを飲み干していたときに、完璧にシンクロするこの振り付けをじっと眺めては、感嘆したこともあった。

チュックバック湖　TRÚC BẠCH　白竹湖

ハノイに赴任したての最初の数か月は、幼い子どもが、車輪のスポークに両足を触れずに父親の自転車の荷台に座れてしまうことや、バイクタクシーのシートで居眠りできてしまうドライバーに目を奪われていた。しかしそれ以上に、ベトナム語で「熱愛する」という言葉に、六つの動詞があることに魅せられてしまった。狂おしく熱愛する、木のごとく不動なまでに熱愛する、夢中になって熱愛する、意識を失うほどに熱愛する、疲弊するほど熱愛する、自分を見失うほどに熱愛する。

私は全てを目にし、全てを学びたいと望んだ。チュックバック地区に終《つい》の住処を持てるまでになるように。

私たちのオフィスと私のアパルトマンは、最高級の鐘とブロンズ像を製造することで名高い半島に位置していた。私たちはここを、目立たない場所という理由に加え、そこに住む住人たちの控え目さゆえに選んだ。十八世紀、嫌疑のかかる側室たちを幽閉しておくために、とある貴族がここに監獄を建てたのだが、住人たちも旧監獄の厳かさを譲り受けていた。私は、戦争で身体を切断した人々が販売する宝くじ券の購入を、同じ朝に十回も断る必要から遠ざかったことを喜んだ。またハンドジョブで女性マッサージ師が使うソープストーンの不快感について、駐在員たちの交わす会話を聞かずに済むようになったことを、さらに靴磨きをしている五、六歳の子ども達の横を、新興富裕者たちの乗る慎みないほど豪奢な車が通ることに憤慨せずともよくなったことを喜んだ。とりわけ私は、還剣湖のほとりにある、ハノイで最も美しいカフェを避けていた。マキアートとカプチーノの違いがわからない店員に対して外国人客が口にする不快な言葉に、個人的に傷ついてしまったからだ。閉店後には恐らくキオスクのなかで眠り、とりわけ店で淹れるコーヒーの一杯さえ味わう機会に恵まれたことのないこの若いウェイターたちを擁護できない自分の卑劣さに、私はその都度少しずつ身を切り裂かれた。とはいえもう一方で、観光客に対し異常なほど高騰してしまった値段についても責任を感じ、時折、ベトナム人が言葉の壁に守られていると考えて、自分たちに許している不作法さにも責任を感じた。

私は自分の仕事に専念することで、この不快感と当惑した感情から逃れていた。机上で国有企業について分析するほうが、会社の敷地内に家族と居住する従業員たちと会談するよりも、断然容易なことだった。同様に、オンブズマン制度による市民擁護という概念についてセミナーを企画するほうが、「ご子息たちの学業支援」として高官の書類の間に忍ばせられた封筒を目にするよりも、無意味に思わずに済んだ。

フランス　PHÁP

ハノイでは、六十八歳になる私の上司が周囲にいる男性のなかでもっとも若く、まるで父親のように世話を焼いてくれて、様々な懇親会への招待を受けるよう、私の背中を押してくれた。仕事が忙しかったので、それを理由によく断っていたのだが、フランス大使館での革命記念だけは例外だった。フランス語圏の共同体支援が、革命記念日における私の重要な任務だった。型どおりの挨拶を数名と交わしたが、丁重な返答を受けはするものの、引き留められることはなかった。こうして私は、「イッセイ・ミヤケ コレクションアイテム」とメーカー名の入ったプリーツスカートにアイロンをかけてしまった使用人にまつわる会話や、日射しと雨に曝《さら》されている、中央に螺鈿《らでん》をはめ込んだマホガニーテーブルの修理に関する会話、ベトナムで次期開設予定の証券取引所に選定される最初の国有企業リストについての会話から逃れて、庭園奥にある二羽のコウノトリのブロンズ彫刻の裏へと、容易に姿を消すことができた。

ヴァンサンが近づいてきて、コウノトリと鶴の違いを知っているか、私に尋ねた。「コウノトリは嘴《くちばし》をかたかたと叩いてクラッタリングするが、鳴きはしない。いっぽうの鶴は、交尾の間、とても大きな鳴き声を上げることができるんだ」と。

給仕たちが椅子を片付け始めたとき、私たちは大使館の庭園を後にした。ヴァンサンが古い中国式自転車で送ってくれたが、私は彼が座るサドル前方のフレーム部分に座った。ヴァンサンは、地区全体がジタノキの香りに包まれる、インドシナ総督の旧家屋沿いの道を通った。翌日、「優美なシモーヌ・ダイ夫人の家」で朝食をとるために迎えにきてくれた。この店では、砂糖とライム果汁のクレープや、自家製ヨーグルト、ウェイターたちが「水牛の角」と呼ぶクロワッサンが出されていた。お昼は、「地元民」なら米と一緒に食べるという、ローストピーナッツの魚醤がけを私に教えてくれた。夜はヴァンサンの横で、西湖〔ハノイ最大の淡水湖〕まで自転車のペダルを漕いだ。西湖では若い恋人たちが、エスカルゴの薬草蒸しを分け合っていた。二十四時間に満たない間に、私はハノイが、これまで日常的に接してきた十五の通りと六箇所の住所よりも、明らかにずっと広いということを実感したのだった。

数日のうちにヴァンサンは、マラリアを媒介する雌のハマダラ蚊の体のつくりの特徴や、プノンペンのど真ん中で最近発見されたばかりの新種の鳥のこと、人間を除くほぼ全ての霊長類の男性生殖器官にある陰茎骨の存在などを説明して、私に世界をプレゼントしてくれた。生態学兼鳥類学者という職業が存在することも、目録に載っていない鳥をベトナム領土で見つけることが可能だということも、私は知らなかった。ヴァンサンは何年もかけて熱心に、根気強く、住民たちに混じり、少数民族の言葉をいくつか学び、森を心から知り尽くして、政府に保護地区の設置を承諾させることに成功したのだった。いくつかの森では、枯葉剤の爆弾や、火事や、子どもたちの涙の後に、本来の色が戻り始めていた。

チャンパ王国　CHAMPĀ　チャム族

亡命したあるベトナム人の母親は、ベトナムの森で発砲や爆弾、災厄から逃げ走っていた間に生き別れてしまった息子の不在に耐え、生き長らえるために、ノルウェーの森という森を長いこと縦横に走り回った。ベトナムに戻れるようになるとすぐに、彼女は森で捜索を続けた。そして今や雌鶏商人となった息子を、生まれながらに左耳を覆っていた痣から、彼だと見抜いたのだった。チャム族の一家が、息絶えた父親の体にくくりつけられていた子どもを拾い上げ、おんぶで連れていってもらえるようにと巻き付けられていた布帯から子どもを解いた。きっと赤ん坊は父が倒れて泣いたことだろう。しかし煙を掻《か》い潜《くぐ》りながら長女とともに走っていた母に、どうやって四方八方から聞こえてくる泣き声のなかから、息子の声が聞き分けられたというのか。あるいはまた赤ん坊が目を覚ましたのは、カオスが過ぎ去った後のことであったかもしれない。テレビの前で眠りにつき、妻がテレビを消したときに目を覚ますジャサントの父親のように。ヴァンサンが知っているのはただ、父となったその赤ん坊から、「先住民」として冷酷な扱いを受ける可能性が高くとも、養父母の土地で妻と三人の子どもたちのもとに残るほうがいいと、実母に説明してくれるよう頼まれたという事実だった。

ヴァンサンには、山の住人の血が流れていた。チャム文化に対する忠誠の義務があり、消滅の途にある彼らの言語を守らねばならないという決意を持っていた。ヴァンサンは丹頂鶴やギンミミガビチョウの生態系同様に、この民族のために身を捧げていた。彼は脆弱なものを保護し、またそれを生業《なりわい》としていた。ヴァンサンが私に、捕食者から身を守るためにわずかに触れられただけで閉じてしまうオジギソウの葉の反応を見せてくれたとき、内気な少女以外には誰の注意も引かないような、セメントの割れ目に生える草と同じくらい目に見えず平凡な存在だと、私が自分のことを考えるのは、思い違いだと納得させてくれた。彼は滅多に咲くことの無いウドンゲの花に私を喩えた。仏教徒たちはウドンゲの花が三千年に一度しか姿を現さないと言っているが、実際には果実の皮の内側に数百ずつ花が隠れていて、時折皮の内側から出てきては、葉や鉄格子の上で開花したりする。あるいはまた、二人が初めて口づけを交わした後に私の全身のうちで、ウドンゲの花が開花するのだ。

西湖　HỒ TÂY

稀《まれ》に物音がすると、それに呼応してこだまが往来するくらい空虚な空間に私は住んでいたのだが、ヴァンサンの家ではそれぞれのオブジェが口を開き、それぞれの物語を語っていた。様々な場所、様々な時代、様々な文化からやって来ていたのに、オブジェたちは融合し、まるで巣のごとく一体化していた。背もたれ部分に精巧な彫刻を施された木製ベンチに置かれている横長のクッションは、ヴァンサンの滞在していたインドネシア人一家が拾い集め、加工し、販売していたカポックで、ふっくらとしていた。陶器製ティーポットの丸みに合わせて内部の削られた保温用のヤシの実のなかに仕舞われた急須は、この「掘立小屋」にヴァンサンの前に住んでいた修道士の所有物だった。まな板は、ヴァンサンが移動させるのを手伝った、戦闘で倒れた樹齢百年の木の幹から作られたものだった。ヴァンサンは庭に二本の巨大な竹竿を十字に立て掛けていたが、一ダースほどの鳥かごがそこにぶら下がっていた。この鳥かごは、ヴァンサンが蒐集家のもとで購入した珍種の鳥を一時的に幽閉するためのもので、彼はその鳥たちを自然の生息環境へと送り返していた。

夜になると、ヴァンサンが「ベトナムの母親」と呼ぶ女性が、彼女の帰宅前に鳥かごの蠟燭《ろうそく》に火を灯して庭を照らしてくれた。皺の寄った彼女の瞳は、スターフルーツに驚嘆し、中心部が黄色いプルメリアの白い花の香りで魔法にかけられ、ヴァンサンの襟首を覆う粗野な巻き毛の籾殻《もみがら》色に夢中になった女性が、私が初めてではないと伝えていた。ヴァンサンは、セメントでできた雨水タンクを浴槽へと造りかえて使っていたが、そのタンクを満たすのに二個の特大やかんでお湯を沸かした。ヴァンサンからファンドレイジングの夕べが開催されるロンドンまで同行して欲しいと言われたのは、やかんのお湯で絶えず温められたこの風呂の中だった。次の発見に与えるネーミングを、オークションにかけることになっていた。ヴァンサンは経験上、地上に存在したことを不滅化するために、何万ドル、いや何十万ドルも人は支払う用意があるのだということを知っていた。

ロンドン　LONDRES

セント・ポール大聖堂の「ささやき回廊」で、最も使い古されているにもかかわらず、かつて一度たりとも私に告げられたことのなかった言葉を発したヴァンサンの声が、二人を隔てる三十四メートルの壁を駆け抜け、振動していった。返答する間もなく、彼はすでに私の手を取って大英図書館まで走り、マグナ・カルタや『不思議の国のアリス』の原稿、それから印刷されたものとしては最古の書物を見せてくれた。ヴァンサンはカフスボタン付きのタキシード姿であっても、Tシャツ姿であっても、埋め尽くされた聴衆を前に愛する鳥たちとその歴史を紹介するのに、少しも変わることなく落ち着き払っていた。まるで一本一本の木に個性があり、一匹一匹の動物に運命があり、それらが一緒になって共犯者となり、敵となり、恋人となり……生きているかのごとく、森の生命について語りながら、聴衆を旅へと誘った。ヴァンサンは最後のスライドを、彼の身長の二倍はある巨大な花の写真で終えた。十年に一度しか花を咲かせず、開花時間はわずか七十二時間の花の写真を。人は得てしてこういった発想に陥るために、ショクダイオオコンニャクの花を「巨人のファルス」と名付けたのだと彼が締め括ると、笑いと拍手の渦が沸き起こった。

若手の二枚目俳優然とした顔つきに翡翠グリーンの瞳、がっちりとした両肩を持つヴァンサンにターザンの化身を見出す女性たちの群衆に囲まれ、彼は私を見失わないようにとウエストを摑んだ。折さえあれば、ジャサントと同じ言葉「Please meet my beautiful Vi」「あなたに、僕の美しいヴィを紹介しますね」「Darf ich Ihnen meine wundervolle Freundin Vi vorstellen?」を口にしながら、私を紹介した。

コーンウォール　CORNWALL

ニューキーにある伝説的なヘッドランドホテルで眠りにつくために、コーンウォール沿岸へ車で旅している間、ヴァンサンに理由を尋ねた。なぜ私なのかと。こうして、ヴァンサンが三年前に、カンボジアで蟻の卵を売っていた少女の髪を編む私を目撃していたことを知った。その晩ヴァンサンは、外国人という外国人が集うグランドホテル・アンコールのレストランで私に再会できるものと期待して探したが、徒労に終わってしまった。いつものことだが私は、怖さと、気詰まりと、無知ゆえに、ホテルの自室で本を読みながら、一人、食事をとることに満足していた。

随分と経ってから、人生は私たちにハノイで、二度目のチャンスを与えてくれた。彼が退席したばかりの会議室で、私の上司と環境大臣との初会合が開かれたのだが、ドアの隙間から、ヴァンサンが私の存在に気づいたのだった。身に纏っていたドレスの色が、ベトナムシルクのパウダーブルーやコバルトブルーではなく、フランス国旗色の輝きを放つロイヤルブルーだったことから、彼は私が首都に落ち着いて間もないのだと見抜いた。同じようにピンクに染まった頬からは、私が西洋風にせかせかと奔走していたことが一目瞭然で、ゆっくりと変化を遂げている国の緩慢さを、私がまだ理解していないと言っているようなものだった。ヴァンサンに献身的に便宜を図ってくれていた環境大臣補佐官の女性から私の事務所の連絡先を入手した後、すぐに連絡を取りたいと思ったそうだが、残念なことにヴァンサンは同僚たちと一緒に、当時発見されたばかりの洞窟探検へ向けて、長期にわたり出発しなくてはならないところだった。三度目となった大使館での私たちの出会いのこの偶然を、ヴァンサンは運命だと解釈した。

森では、彼の周りに姿を現しては消える多種多様な何十という動物に囲まれて、羽の色、嘴の長さ、巣の形状がヴァンサンの注意を引いた。こうして種ごとの特性が彼の目の前で明らかにされていった。私のなかでヴァンサンを捉えた特性は、小さな青葉を使って蟻の卵を小分けしていた幼い商人の脆さを受け入れるために、私が足を折り、背中を丸め、肩を縮める才だった。

紅河　SÔNG HỒNG

イギリスから戻ったあと、ヴァンサンは森での滞在を続けた。ヴァンサンがいないと、彼の側で過ごした夜が現実の出来事だったとはにわかに信じられなかった。蟹入り焼きビーフンを調理していた女商人の中華鍋に、綱渡りをしていたネズミが落ちるのを目の当たりにして飛び上がった夜、ヴァンサンがスパイスミックスをすり潰していたときに、すり鉢のすりこぎ棒にトンボが止まるのを眺めた夜、そこかしこの壁や梁に不均衡に打ち込まれている錆びた釘に巻きついた、様々な色の紐で四隅の引っ張られた蚊帳の下で眠りについた夜。学校へ向かう途中に立ち寄ってくれる幼いメッセンジャーの手から、鳥の写真とキャプションとともに自分の半身が写る写真を毎朝受け取っていなかったなら、夢のような人生を自分にプレゼントするために、自らの人生を夢に見てしまっているか、さもなくば架空の人物をつくりだしてしまったと思ったことだろう。

ヴァンサンは私に気をつけなくてはいけないことを教えてくれた。運転手が酔っているようなバイクタクシーには横向きで腰掛けないように、豚肉のタコ糸にレイド製の殺虫剤を吹きかけて蠅《はえ》を追い払う女商人からは肉を購入しないように、睡眠中は蚊取り線香の火をつけたままにしないように、道の外れでドルをドン〔ベトナム通貨〕に両替しないように、毎晩同じ女性の店でトンキンスープを飲まないように……。しかしモンスーンの季節に、紅河が川床を抜け出してしまうことを注意するのを忘れていた。水位が数時間で上がってしまった。川岸に暮らす人々は冷蔵庫が壊れないようにと、近隣地区の職人が造ったアルミニウム製の小舟に乗せた。そしてテレビのコンセントを抜いたり、家具を持ち上げるために水中に潜った。ハノイを取り囲む土堤防がなければ、街は長らく前から水没していたことだろう。この堤防は幾つもの戦争を生き延びてきたが、今や背後に新たな建造物が立ち並び、なおも長いこと耐え得るものだろうかと私は心配していた。まさにこうした理由からある日、当局は堤防線を越えた家屋を半壊させ、超現実的な景色へと一変させてしまった。開け放たれた客間、引き裂かれた台所、切断された寝室に、居住者たちがまるで演劇の舞台上のように暮らし続けた。私は土堤防から数本通りを行ったところに住んでいた。窓や戸口を固定していた木製の梁は、水圧やカオスの圧力にきっと屈してしまうことだろうと確信さえしていた。七階にある我が家のバルコニーから、私はどんな死に方をするのだろうかと、数十パターンをリストアップした。通りという通りで、至るところ絡まる何百という電線が無秩序にかつ不安定にぶら下がっていたために、すぐに感電死が頭に浮かんできた。七階建ての建物の内階段を滝となって落ちる、住戸に流れ込んだ大量のバルコニーの水を掻き出さなければならなかったので、私は雷が怖かった。

その晩、ヴァンサンを託すことができる神が私についていればいいのにと考えた。絶えず失望させ続けてきたことを、母に電話をかけて謝りたいとも思った。最後に母のもとを訪れたとき、私が北ベトナムで新たに学んだ単語を北部訛りで発音するたびに、母の寿命は少しずつ縮んだことだろう。祖国に戻って共産主義《コミュニスム》に仕えるような娘を育ててしまったこと、私が南ベトナム兵士の霊に背信するレッド・プリンセスになってしまったことを、母の友人たちは悔やんでいた。もし私が稲光に打たれる運命だとしたら、母に知っておいてもらいたかった。前線に息子たちを送ることなど選びはしなかった母親たちに、政治的忠義など選びはしなかった母親たちに私が出会ったことを。母と同じように、彼女たちはただ、子どもたちに自分より長生きしてもらいたいと願っていただけだと。しかし私は母に電話をしなかった。豪雨のなかにいた私の恐怖が、母に心配をかけてしまうから。

この滝のように降り注ぐ豪雨の嵐のことを耳にしたヴァンサンは、遠征を切り上げた。我が家にあったマットレスが天井からの漏水で湿ったままだったので、ヴァンサンが僕の家においでと言ってくれた。彼の住む、小さな家屋の百年を刻む瓦は、ソビエト建築モデルに倣った最近の建築物よりも排水効率が良いようだった。鎧戸の背後でなおも嵐が唸っているとばかりに、私はヴァンサンの首に頭をのせ、彼の腕のなかに避難した。その夜、私が目を開けるたびにヴァンサンの視線が、一睡もしていないかのごとく私の視線を迎え入れてくれた。まるで、ヴァンサンが忍耐強く、慈しみながら観察する鳥の一羽に、私がなってしまったかのようだった。「僕の天使、豪雨について話してくれるかい」と、ヴァンサンは言った。

鎖骨の窪み　creux de la clavicule

私は、一階の事務所にあった小型冷蔵庫をどうやって二階まで運び込んだのか、扉の下の隙間から入り込んでくる水を堰《せ》き止めるために、どうやってバルコニーの前までマットレスを引きずったのか、そして、仏教徒だった祖母が私に教えてくれたサンスクリット語の真言を繰り返し唱えながら、どんな風に私が諦めの境地に至ったのかをヴァンサンに話した。

私はまた、有力な高官であるルアン氏が、私のオフィスで行なった会議の後に私の耳を舐めながら、どうやって彼の刻印を私に残したかについても話した。もし頭の中でハーの声が聞こえていなかったら、ドアまで歩いて外に出るという素早い反応ができず、ヘッドライトを前にした子鹿のように固まってしまっていたことだろう。ハーは私によく、首や袖に留めたボタンは私を守ってはくれず、むしろそこから解放されるために私が誇示すべき力によってこそ守られるのだと話していた。

ヴァンサンの鎖骨の窪みにハーのこの言葉を耳打ちしながら、なぜ母が何にも増して私に、できる限り目に見えぬ存在になるようにと教えていたのか、あるいはせめても、影の存在へと変わるよう教えていたのか理解した。私のことを誰も攻撃できぬよう、私が壁をすり抜け、環境に溶け込んでしまえるよう意図してのことだったのだ。母は私に、戦術において最初に学ぶべきは、姿の消し方をコントロールできるようにすることであって、それが同時に最大の攻撃にもなり、最大の防御にもなるのだと繰り返した。ヴァンサンが流す汗の雫のなかに、まるでクリスタルのビー玉のように光が輝くのを目にするまで、私は母が習慣から、そして父への愛から、私よりも兄たちのほうが好きなのだと、ずっと信じて疑わなかった。ヴァンサンの腕に囲まれた私の声のこだまが、母の望みをついに私に理解させてくれた。母とは違う育ち方を私にして欲しいと望み、私を別の場所へと放ち、自分とは異なる運命を与えたいと母は願っていたのだ。別の女性、自分とはかけ離れた対極的な女性であるハーに実の娘の教育を託すことを受け入れるのに、母が無理を忍んでいたのだと私が気づくには、二つの大陸と海とが必要だった。

ビルマ　ミャンマー　MYAN MA――驚異の国

仏教徒の新年水かけ祭が行なわれる週末に向けて、ヴァンサンがラングーン空港で私を待っていてくれるまで、私はビルマを訪れることに興味すら抱いていなかった。すでにいくぶん前からヴァンサンは、リスク区域の環境保全を唯一の目的とする彼の所属団体が、もっぱら学術的な機関であることをビルマ政府に説得するため、この国で働いていた。ヴァンサンの所属団体は、国境など気にも留めず、時の政治体制について気にもかけず、ある地域から別の地域へと移住する鳥のごとく機能していた。ビルマでは軍事政権が市民へ、個々の命令に対し全き服従を強《し》いていたが、車両だけは例外だった。左ハンドルも、右ハンドルも許されていたのだ。占星術者たちの助言に、政権元首が注意深く従っていた。たとえ公共バスが反対側の扉を開けていたとしても、占星術者たちは国家の安全という名のもとに、道路の通行方向を変えるようにと勧めた。平和と秩序が守られるために、公益が私益に勝っていなければならなかった。

幸いにもバガンは、指導者たちの気まぐれからは守られているようだった。恐らくは三千もの寺院が、街を時の流れから、さらにはピラミッドの尖鋭な頂上に居心地悪く座っている人々の不安から、防御していたのかもしれない。まどろみがちな雄ラバが牽《ひ》く荷車のリズムで全てが動いているかのように見えるこの街の繭のなかに、ヴァンサンが私を包んでしまった。ビルマでは年始を祝うため、香料水を人々にかけて前年の罪から清め願う伝統がある。バガンでは、バンコクやラングーンのように噴水ポンプや強力なジェットガンは用いずに、手のひらを使う。私たちは市場で、サロンと一緒に幹の木片を購入し、おろし器ですりおろした。黄色い粉末が、焼けるような太陽から肌を守ってくれた。男性は顔を粉だらけにするが、女性は単にお洒落から、頬にとても丸い円を描く。ヴァンサンが私に何十もの様々な形を描いたので、今度は私がこの粉を、彼の両腕、両脚、背中に塗り、指で千もの愛の言葉を書いた。彼は未来の子どもたちのためにと、二人の写真を何百枚も撮った。

ケランヌ　CAIRANNE

バガンの緩慢さが、フランスに位置するケランヌの緩慢さを呼び寄せた。ヴァンサンの家族はケランヌに、葡萄《ぶどう》畑に囲まれた別荘を所有していた。ヴァンサンは年末のクリスマス休暇中に、ケベックとケランヌの両家族を続けて訪問する計画を立てたいと考えていた。私はハーに、私の「ルイ」を見つけたこと、ハーが私にずっとそうなって欲しいと夢見た女性になったこと、そして今や目が眩むほどの高みから人生を見下ろしているとだけ伝えた。ヴァンサンの鳥たちの翼から翼へと私は飛び乗った。彼のほうでも、私を「僕の天使」と呼び、幾度も飛行機やパラシュート、熱気球に乗って飛行させ続けることで、私に翼を生えさせてしまった。

ヴァンサンを受け入れていないことを意思表示するために、母がフランス語で話すのをやめてしまうのではないかという不安も、もう無くなった。初めて感じる、この突如沸き起こった生きる欲望を、私は母とともにただ分かち合いたかっただけなのに、状況がそれを許しはしてくれなかった。

病院のベッドで、心疾患に襲われた母が動けなくなっていた。私がケベックに一時帰国を予定していた一週間前のことだった。療養期間中、私は兄ロンの家でずっと母の側にいて、ヴァンサンがケベックに来ることも、私がケランヌへ旅行に行くことも取り止めとなった。

ホアが一年前に、我が家にとっては初めてとなる赤ちゃんを出産していた。母は唯一永遠の愛しいレ＝ヴァン＝アンの名前が、フルネームで孫息子に名付けられるようにと望んでいた。しかし兄は、子どもの名前に「レ」しか残さなかった。ロンは、父が妻子だけで闘うがままにさせてしまった日に、この特権を失ったものと判断した。ロンは父に、レストラン業を営む自らの会社の成功と、勇敢さとリーダーシップにより勝ち取った数々の賞を見届けて欲しかったのではないか。そして、側にいられなかったことを、父に後悔して欲しかったのではないか。ロンの昇進が早かったことを、母は強く危惧していた。ダラット最大の蘭生産者になったときに、自分の父親から言われた指摘を覚えていたからだ。「成功は得てして、不幸の知らせだ」と。母はたいそう働き過ぎてしまったことを、とりわけ、たいそう愛し過ぎてしまったことを、今も自ら責めていた。もし彼女が、夫のささいな過ちの一つ一つを拒んでいたら、絶えず夫の望みに先んじるのではなく、自分のもとへと彼がやって来るのを待っていたなら、隠れて泣くのではなく夫の目の前で涙を流していたなら、もしかしたら父も、自らの家長としての役割を果たす機会に恵まれていたかもしれない。ロンが彼に過度に興味を示す女性やら会議に追われ、騒がしい日中を終えて帰宅したときに、平穏で心から安らげる隠れ家をホアが提供できるよう、彼女の能力を強化することで、母は努めて埋め合わせしていたのだ。さらに母は、ホアが定期的に美容院へ行けるよう、毎日エクササイズができるよう、社交パーティーでロンに付き添えるよう、赤ちゃんを預かるからとよく言い張った。ロンが提案した二世帯住宅の一方に住んでいたから、母は必要に応じて、容易にその場から離れることも、間に割って入ることもできた。母はロンの帰りを、注意深くみていた。あまりに帰宅の遅い日が目に余るほど続くようなときには、母はロンの好物料理を作った。くどくどと何か言うでもなく、家族があなたを待っているのよと口にするでもなく、いわんや欲望に耐えなければならないなどと注意することもなく、彼の職場へ電話を入れた。そしてホアに料理を届け、壁越しに笑い声が一度や二度聞こえてくるのを望むだけだった。

プリンストン　PRINCETON

ロックについては、母は滅多に彼の家を訪れはしなかった。ロックは腫瘍学の博士研究員を経て、プリンストンに残って働いていた。アメリカ人の彼の妻がもっぱら冷凍食品をロックに食べさせている事実を、母はただ悲しく認めざるを得なかった。ロックはシェリルよりも料理上手で、彼女よりも厨房に立つことが多かった。分子について議論し、あの論文やらこの論文やらの執筆を協力し合うことが、二人の喜びであることを母は理解していた。母によれば、夫婦としてのパートナーシップが仕事上の関係を強化し、仕事上のつながりもまた夫婦関係を強固にしているのだった。しかし母は敬意から、そしてとりわけ理解を越えるために、シェリルに対するコメントは胸に畳んでおいた。母はロックの車のトランクを、冷凍庫に作り置きして保存しておいた料理の数々で満たすことで我慢していた。愛ゆえに、ロックはすべてを持ち帰り、国境で税関吏に質問されると「I have no food.」と嘘をついた。

台湾　ĐÀI LOAN

リンの台湾人の妻と比べて、シェリルが望みに叶った嫁であることがわかった。メイはとても美しかったので、モントリオールにある中華レストランで、いつも女将《おかみ》としてレセプションに配置された。初めて出会った瞬間、リンはメイに一目惚れし、引っ越しできるタイミングがくるとすぐに、モントリオールへと移り住んだ。レストラン閉店後しばらく経ってから、ようやく夜明けにメイは仕事を終えたが、二人は全き愛を享受しているかのように見えた。リンは彼女の帰宅が遅いことについて、決して不平など言わなかった。夜、彼女の帰宅を待ちながら、日勤に加え、掛け持ちしていた複数の兼業先の契約に基づき、コンサルタントとして相談にのり続けた。

結婚式で「美しい妻は、皆のもの」というベトナムの俗諺《ぞくげん》を招待客がささやいているのを耳にした。リンの場合は、賭け事に妻が呑まれていた。メイは、リンの代わりにカジノを愛するようになり、わずか数年で瑞々《みずみず》しさも初々しさも、さらには彼らの所有する家までも焦げつかせてしまった。

極めて高額の報酬が得られる仕事にもかかわらず、リンは結婚生活を諦めざるを得なかった。父との別れを嘆くことなど、母は自らに決して許しなどしなかったのに、リンの悲しみには己の感情のままに打ち沈んだ。あるいは恐らくリンの苦悩が、母の闘う力の限界に触れてしまったのかもしれない。この出来事の後、母の顔の筋力が崩れ落ちてしまったのを目の当たりにしたとき、私の頭に浮かんだのは英語の表現「最後の藁一本で、〔限界まで荷物を積まれた〕ラクダの背中が折れる」イメージだった。それ以来私は、フランス語で対応する表現を探している。「最後の一滴で、溢れ出る甕《かめ》〔堪忍袋の緒が切れる〕」ではないかと言う人もいる。しかしこの表現では、打ち砕かれてしまったように自分の殻に引き籠り、閉じ籠ってしまった母の落胆を十分には説明できない。幸いにも男の子の孫が生まれ、母に立ち直る理由を与えてくれた。

ベトナム　VIỆT NAM

母は、ロンが新規のフランチャイズ契約を結びしだい会いに行くからと、思ってもいないだろうに約束をして、私をハノイに帰らせた。ホアが空港まで送ってくれて、第二子の懐妊を告げ、私を安心させた。「このニュースを聞いたら、お母さんは元気になるはずだわ。心配しないでね」と。

いつものように私は、本で一杯になったスーツケースとともに飛行機に飛び乗った。当時、ボロボロの服を着た文盲の若者たちが通りで販売していたのは、マルグリット・デュラスの『愛人 ラマン』や『おとなしいアメリカ人』〔グレアム・グリーン著〕、ロンリープラネットのガイドブックのコピーをさらにコピーしたものだけだった。時折ハノイにある二、三店舗の本屋で、国外へ亡命した者たちが残していった大学用の書籍も数冊、販売されていることがあった。力を注いでいたプロジェクトの、あらゆる面で私が力不足だったために、国有企業の専務や農業従事者、国民議会の社会問題委員会との会合の場へあまり震えずに臨めるようにと、入手できた本は努めて読み進めていった。こうした読書はまた、一分また一分とヴァンサンが不在である日々を数えずに済むよう紛らせてくれた。

年末年始の休暇から戻った二日後に、ヴァンサンがハノイへ到着した。その日の晩、私は澄んだブイヨンを使ったベトナム風しゃぶしゃぶを準備した。ブイヨンのなかに、薄切りにした鶏肉、牛肉、豚肉ばかりでなく、小エビとハマグリもくぐらせた。食材のなかでも彼のお気に入りは、肉に付け合わせる籠《かご》一杯の野菜だった。ヴァンサンの「ベトナムの母」に手伝ってもらって、スイレンの根茎、若筍、空心菜、バナナの花、かぼちゃの花、オクラ、フクロタケ、そして、ことのほかヴァンサンがその味と食感を気に入っていたオジギソウの一種を探し出した。この料理は、大量の食材で調理するとブイヨンの風味が増すため、大勢で味わうと一層美味しくなる。そのため、本当はヴァンサンを独り占めしたかったのだけれど、ハノイにいる共通の友人たちと、ヴァンサンと過ごす時間を分け合うことにした。駐在員たちの、束の間の、しかし深い友情が、比類無き家族を形成していた。映画、演劇、ありとあらゆる文化活動が全てベトナム語のみで行なわれていたので、私たち自身が自らの気晴らしとなった。

日曜日になると、ソフィテルホテルのガルガンチュアを想起させるようなブランチに、二人で三時間も、四時間も費やした。ソフィテルホテルでは、地元市場では見つけられないような食材のオアシスが提供されていた。リヨン産サラミソーセージ、豚の脛肉、子牛のブランケット、ブリオッシュ、グラブラックス〔スカンジナビア料理のサーモンマリネ〕、クレーム・ブリュレ、生牡蠣、カスレ、雄鶏の赤ワイン煮込み、ババ・オ・ラム〔イースト菌で発酵させた生地を焼いて、ラム酒入りのシロップに浸したケーキ〕、フォアグラのポワレ、ラングスティーヌ〔ヨーロッパアカザエビ〕、パリ・ブレスト〔リングシュー〕、タルト・タタン、多種チーズの盛り合わせ等々……。平日には、私たちの思いがけない掘り出しものを友人たちにも味わってもらうために、知り合いの家を転々と回った。インドとベトナムで時間を二分していたオーストラリア人のドリューは、インド料理のスパイスを私たちに発見させてくれた。レバノン人で、洗練された美食家アントワーヌは、魚のグリル焼きを完璧に仕上げることができた。リオ出身のブラジル人マリアンヌは、食べ物の数を優に越えるカクテルを私たちに作ってくれた。ドイツ人のフィリップは、時が緩やかな概念に過ぎないこの国で、いつも時間厳守の姿勢を崩さなかった。我らの偉大なる北極熊ニコラは、あらゆるものへと愛情を注いだ。よく食卓には、国連安全保障理事会の理事国数に匹敵するほどの人が集まった。皆、様々な職業に就いていて、語るべき話を何百と持っていた。

しゃぶしゃぶの晩、ヴァンサンは至って親切だったとはいえ、普段よりも早く友人たちを帰宅させた。二人っきりで、クリスマスのプレゼントを開けたいと考えていたのだ。何か月も前から、ヴァンサンは山で冬咲きのエリカを育てていた。ヴァンサンの実家の写真を見て、私がバックに写る先祖代々受け継がれてきたオルレアンの邸宅に驚嘆する代わりに、長いことエリカの植え込みについてコメントしたのを聞いていたからだった。何度も挑戦した結果、ヴァンサンは植木台をエリカの木で一杯にすることに成功し、この植木台のお陰で窓枠に見事な装飾が施されたのだった。私が受け取った二つ目のプレゼントは、白い果肉のサクランボが入った袋だった。旬は過ぎたものの、秋には赤いサクランボに匹敵するくらい美味しい果実で、私がベトナムで過ごした幼少期には、皆同じようにこの白いサクランボを、柄をつけて二粒、三粒、描いていた。しかし私たちのなかの誰一人として見たことも、ましてや味わってみたことなどなかった。ベトナム語でソーリーという同じ名前で呼ばれる果物の一種も、たしかに存在していたが、特徴がまったく違っていた。一方は大粒だが、他方は小粒で、一方は甘いが、他方は酸味があった。もっとも顕著な違いは種にあった。ベトナムのソーリーは三粒の柔らかな種を含んでいたが、もう一方はたった一粒で、硬かった。ヴァンサンがくれたサクランボの一粒を二人で同時にかじったとき、種の入った片方が私に当たった。するとすぐにヴァンサンは人差し指を私の唇に置き、こめかみに口づけをした。ヴァンサンがこのことに気づいたことに驚いてしまった。というのもバナナやスライスしたキュウリが自分に出される前に母が種を取り除いていたなんて、父は知る由もなかったのではないかと私が思っていたからだ。同じようにタンも、彼の財布が目には見えない磁石の力によって鍵を引き寄せているのだと、恐らくは信じていたことだろう。同様にタンにとっては、彼の上着もまた、ハンガーに自動的に戻っていたということになるのだろう。シャワーを浴びている間にドリップされたコーヒーが用意されていても、靴墨でよく磨かれた靴が戸口で彼を待っていても、鼠色の空や、鳴り響く隣人女性の目覚まし音、課税率や売上税が引き上げられるという理由から、彼の目には映らなかった。

タンがまったく気づかないままに、髪を十センチ切ることだってできただろう。一方、わずかな火傷の痕もすぐさまヴァンサンの目には留まり、手当てをしてくれた。ヴァンサンは右ヒップの上部、ウエスト部分の高さに「vi」のタトゥーを入れていた。私の受け取る三つ目のプレゼントを告知する目印だった。四隅に微粒ダイヤを散りばめた、四角いサファイアの装飾指輪が三つ目のプレゼントだった。その指輪はヴァンサンの祖母が所有していたもので、クリスマスイブの翌日に、彼女が自分の小指から直接外したものだった。ヴァンサンが私の写真を見せると、数ある宝石コレクションの中からお気に入りの孫息子に譲るためにと、宝石商であった夫からかつて最初に贈られたこの指輪を選んだのだった。

私のほうは四人の祖父母をすでに亡くし、ベトナムに戻って以降も父に再会しようとはしなかったから、ヴァンサンのサファイアが私の琴線に触れ、心を揺さぶった。私の物語はいったんストップしてしまった後に、再びつくり出されたものだった。百年以上にわたり結婚式、死者の命日、元日の儀式すべてを目にしてきた先祖の祭壇を除けば、母の家にも私の家にも先祖代々の痕跡を留める品物はなかった。私たちから取り上げられて以来、この祭壇は別の家族の柱となっているのだろうか？　私の先祖の魂は、祭壇についていったのだろうか、それとも父のもとに留まっているのだろうか？　あるいはまた、私たちを無事に到着させるために、一緒にカナダまで逃げてきたのだろうか？　指にはめたサファイアの指輪が私をヴァンサンの愛へと結びつけてくれたが、それ以上に、名家であるヴァンサン一家の長い歴史のなかへと私を入り込ませてくれた。当時まだ、そして今もなおその歴史を知らないままでいるにもかかわらず。

シンガポール　SINGAPOUR

ちょっとした転倒の末に、祖母が最期の時を迎えているという知らせをヴァンサンが受けたとき、私はベトナム人議員の一行とともにシンガポールにいて、とある任務の責任者を務めていた。彼にピアノで音符の弾き方を初めて教えてくれた女性、初めての詩をどんな風に朗唱し、初めての蝶結びをどう結ぶのか教えてくれた女性のもとへと参集した家族に合流するため、ヴァンサンは最初の飛行機に飛び乗った。ヴァンサンの嗅覚にまつわる記憶のなかで、午後の太陽のもと溶け出すブリア・サヴァランチーズに祖母がかけてくれた、蜂蜜のたっぷり入った完熟メロンの生暖かいジャムの香りほどに甘く、元気を回復させてくれるものはなかった。彼女の家の台所上部に架かる梁にラベンダーの花束が吊るされた写真を見ていると、幼いヴァンサンが柳の枝で編んだバスケット籠を運びながら、野原で祖母の後についてゆく姿を想像することができた。外交官子息として選挙のタイミングごとに国や友達を変え、ヤドカリのように借りものの貝殻のなかで暮らす生活を送っていた彼にフランスのルーツを伝授してくれたこの女性を、ヴァンサンは心から慕っていた。

私がシンガポールの任務に就いているあいだ、二人を隔てる六つのタイムゾーンと過密なスケジュールのせいで、私たちは連絡を取る術を一切持たなかった。シンガポールから戻ると、ヴァンサンが悲しみと疲れから、押し殺した声で私に電話をかけてきた。二度目の電話では、祖母が林檎のコンポートを再び何口か食べられるようになったというので、ヴァンサンは前より楽観的になっていた。祖母から危険が遠ざかったので、ハノイへの帰国も考えられるようになった。しかしその後、連絡が途絶えた。いかなる知らせも、もう来なかった。ヴァンサンの最後の電話から二週間経って受け取った言葉「僕の天使、君がいなくて寂しいよ」以外には。

ヴァンサンの「ベトナムの母」も同じように暗闇に包まれ、便りがないままだった。しかし彼女は、ヴァンサンの不在と、いつとも知れぬ帰宅には慣れていた。家を手入れし続け、黄色くなった葉やしおれた花びらを拾い集め、鎧戸やヴァンサンの自転車に積もった塵《ちり》を払い、夜半に彼が戻ったときに備えて籠のフルーツを取りかえた。私はヴァンサンのシーツや衣服とともに眠りに落ちていたので、シーツを交換したり衣服を洗わないよう彼女に頼んだ。彼女はお粥や生姜のハーブティーで私を慰めてくれた。誰も情報を持たず、ヴァンサンの共同研究者たちといえども同様だった。ロンドンにある彼の所属機関の本部も、すでに七年来彼がベトナムに住んでいたので、ベトナム以外の連絡先は知らなかった。

ソム・チュア　XÓM CHÙA　寺院の村

ヴァンサンの小さな家に私は越してきた。彼の「ベトナムの母」と私は何も動かさぬよう、何も移動させぬよう、でき得る限りを尽くした。塵のなかや、ござ、ハンモックの網目にみつけたヴァンサンの髪の毛一本一本を、私は取っておいた。彼のサンダルやバブーシュ・シューズは、足の指紋がそのまま残るようにと薄葉紙で包んだ。同じろうそく、同じ洗剤、同じシャンプーを買ったので、家に帰ればこうして、同じ部屋の香りに飛び込むことができた。その代わり私は、同じ友人たちとの付き合いをやめてしまった。ヴァンサンの失踪について、ああでもないこうでもないと憶測話を避けるのが難しかったからだ。どのみち皆、期間がどれくらいに及ぶのかいつもわからぬままに、配属先や契約にあわせて頻繁に町や国を移動していた。

揺るぎ無き友情に裏打ちされた二人、ハーとジャサントが、順番に私に会いにきてくれた。ジャサントは、私の母と彼女の孫たちの写真を持ってきてくれた。ハーは、私の母が結婚の際にもらったダイヤモンドのイヤリングの片方を届けてくれた。母はサイゴンで資本主義者の取り締まり検査を掻い潜るため両方を飲み込んだのだが、ようやく三日後に片方だけを手にすることができた。船で逃げている間は、ズボンのウエストの折り返しに隠した。ひとたびケベックへ辿り着いてしまえば、レ＝ヴァン＝アン夫人という、父の妻である肩書を刻むこのダイヤモンドを売却することよりも、私たちの生活費を捻出するために、時間を数えることなく働き続けることを選んだ。

私はハーとジャサントに、ヴァンサンの存在と失踪を母には知らせないよう頼み込んだ。娘が自分と同じ運命、同じ物語、同じ見捨てられ方をしたと知ったら、母は打ちのめされてしまうことだろう。

ウックレ　ƯỚC LỄ

ハノイからおよそ二十キロの場所にあるウックレで、十年近く前から孤児院を営んでいるヴァンサンの旧友アリヌに会いに行った。バックパッカーで溢れる界隈に建つ、宿泊先の小さなホテルの裏路地で、ある晩子どものうめき声を耳にしたとき、このスイス人女性はまだうら若き旅行者だった。アリヌは涙に応えたが、その涙が彼女に魔法をかけ、それ以来彼女をベトナムに繋ぎとめた。アリヌは私に、孤児院が毎月ヴァンサンから高額な寄付金を自動で受け取り続けていると明かしてくれた。手続きを一切せずとも寄付金が直接、口座に振り込まれていた。アリヌは、ヴァンサンが帰宅日を決めずに出かけてしまうことはよくあることだと、私に諭した。だから心配する必要などなかった。

空いている時間があれば、私はいつでも孤児院に避難した。いつだってここには、塗らなければならない壁、準備するべき食事、取り替えるべき包帯、慰めるべき子ども、押すべき車椅子、撫でるべき背中、運ぶべきバケツ、歌うべき子守唄があったからだ。ある晩、孤児院でボランティアをしていたハンと一緒に食器を洗っていると、私の名字が彼女のなかで結びついたようだった。ハンは父のことをとても慕っていて、彼女が語ってみせる父の話は、兄たちや母、周囲にいた皆の語る父の姿からはとてもかけ離れているように感じられた。ハンと二度目に話をしたとき、本当は父の部屋の壁に兄たちや私の写真が貼ってあったので、私のことがわかったのだとハンが打ち明けてくれた。ハーが送った写真もあれば、母が送った写真もあった。父が何度も、正確に言えば九度脱走を試みたことがあると私に語ったとき、ハンは涙を隠すために視線を落とした。父は自尊心から母の世話になることも、ましてや兄ロンの世話になることも受け入れられずに、自力で孤児院を出たいと思っていた。道を進む試練が、父には必要だった。最初の数回分の旅費を支払うため、手始めに所有していたもの全てを売却した。次に英語を教え、レストランを渡り歩いてウェイターをしたり、オーストラリア人の客からこっそりともらった本をペンネームで翻訳したりした。あらゆる予想に反して『ソーン・バーズ（いばらの鳥）』は本屋で大成功を収め、父は再び脱走を試みた。残念ながらボートピープルの波には乗り遅れてしまっていた。すでに難民キャンプに到着し、身を落ち着けていた難民も、ベトナムに送り返されていた。

父は人生について、私たちがいることで母は報われ、私たちがいないことで自分が罰せられるのは当然だと考えていた。「お父さんは、あなたがベトナムで働いていることを知っているわ」とハンは締め括った。それ以降、二度と私に父の話をしないというデリカシーを彼女は持っていた。恐らくハンは、私が再び彼女の声に耳を傾けるには沈黙が必要で、父に向かうまでの道のりをやり直すためには、時間が必要だということがわかっていたのだ。

ホアンキエム湖　HỒ HOÀN KIẾM　還剣湖

季節が急ぎ足で巡り、同じ陽気が私たちのもとへと舞い戻ってきた。その動きが緩慢になったのは、還剣湖の近くにあるカフェで、アリヌとハンと私がコートを羽織らずにお茶を飲むことのできた、春が訪れたこの最初の日だった。その日私たちは、アリヌが世話をしていた孤児の一人が町内の高校に合格したことをお祝いしていた。店はたくさんの客で溢れ、普段の倍はいるだろう。散歩をしている人々の自然とこぼれる笑みと、ふところみあげる笑い声が、しだれ柳の長い枝葉にお祭り気分を添えている。しかし私たちの周りを囲むこうした顔ぶれの中に、ヴァンサンのことを知る者はもう誰もいないのだと、私は実感せざるを得なかった。ヴァンサンのハノイは、もう存在しない。

ハノイでの任務が終了することを、アリヌとハンに告げたものかどうか、私は迷っている。オクラホマ州の非法人地域であるノーウェア〔原語では、どこにも無い場所の意〕に隠遁したいという願望に身を任せたものかどうか、私は迷っている。二度目となるベトナムからの逃亡を、実行すべきか迷っている。ハンに父の住所を尋ねてみるか、迷っている。ヴァンサンの色あせたシーツにさよならをするか、編み目が裂けて、重さに耐えられなくなってしまった彼のハンモックを捨ててしまおうか、インクの乾いた彼のペンを投げ捨ててしまおうか、十センチごとに繕われた蚊帳を外したものか、私は迷っている。

自分との決別を、ヴァンサンのヴィを見捨ててしまおうか、私は迷っている。

迷っているとすれば、それは何も言わずに、ヴァンサンの青い大きなスカーフ以外は何も持たずに、ここを離れるつもりだったから。私が迷っていたら、代わりにハンが決めてくれた。

「あなたのお父さんはハノイにいるわ……孤児院に。来月から、私たちと一緒に住む予定なの」。「お父さんが良くなるまで、私たちが面倒をみるのよ」、とアリヌが付け加える。

目をやれば、湖のもう一方の端へと人が押し寄せている。百歳を迎えた亀の甲羅が、湖から再び現れたところだった。良い知らせをもたらす兆《きざ》しと信じられている。

訳書あとがき

本書はカナダ、ケベック州在住の作家キム・チュイの四作目にあたる *Vi* (Montréal, Les Éditions Libre Expression, 2016) の翻訳である。翻訳に際しては Liana Levi (Paris, 2016) 版、および英訳 (Trans. Sheila Fischman, Random House Canada, 2018) を参考にした。刊行された日本語訳としては、彼女のデビュー作となり、カナダで最も権威あるカナダ総督文学賞(フランス語小説部門)の受賞作品となった *Ru* (Montréal, Les Éditions Libre Expression, 2009) の翻訳(『小川』、彩流社、山出裕子訳、二〇一二)に続き、二作品目となる。親日家で知られるキム・チュイはプライベートでも日本を訪れているようだが、三度の招聘《しょうへい》来日も果たしている。一度目は二〇一六年に在日カナダ大使館の招聘により東京に滞在し、カナダ大使館での講演会や日本ケベック学会全国大会での基調講演ほか複数の大学で講演会を行なった。二度目は翌二〇一七年に国際フランス語教授連盟の招聘により、京都大学やアンスティチュ・フランセ関西にてトークイベントに参加している。三度目は二〇一九年に在日ケベック州政府の招聘により、東京と名古屋へ足を運び、多くの講演会を行なった。この三度目の来日では、新聞各社の取材も受けたのでご記憶の方も多いと思う。ボートピープルとしてサイゴンからカナダへ移民したキム・チュイの自伝的作品『小川』がケベックで高い評価を受け、各国で翻訳されたとはいえ、彼女の名が世界的に注目されたのは、二〇一八年度ノーベル文学賞の代替賞であるニュー・アカデミー文学賞へのノミネートがきっかけとなったと言えるだろう。スウェーデン・アカデミーの不祥事により中止となったノーベル文学賞に代わり、二〇一八年度限定で設けられたこの市民文学賞に、村上春樹（その後、執筆活動に専念したいという理由からノミネートを辞退）とともに最終候補者四名の一人としてキム・チュイの名前が残った。当時、文学作品としては『小川』と本作『ヴィという少女』、そして共著を含む計四作品しか執筆していなかったキム・チュイが、ネット投票で支持を受け、受賞には至らなかったものの最終候補にまで残ったことは快挙に近い。作品を包む眼差しのあまりの温かさに読む者が圧倒されてしまったことも大きな理由であるだろうが、彼女の作品が二十一世紀という時代を刻印していることが、ノミネートにつながったものと思われる。

自伝的作品『小川』の主人公のように、本作の主人公ヴィもまた南ベトナムからマレーシアの難民キャンプを経て、カナダに移り住んでいる。「ベトナムが戦火に包まれていたさなか、私は平和な時代を過ごし、ベトナムが武器を下ろしてから、私の人生は戦いの時代を迎えた」（『小川』）主人公グエン・アン＝ティンのように、高名な裁判官であった祖父を持ち、中国の血を引く裕福な家庭に育ったヴィもまた、家族とともに祖国から逃れることを余儀なくされる。一九七五年にサイゴンが陥落し、ベトナム戦争に終止符が打たれると、旧ベトナム共和国（南ベトナム）のエリート層にあたる政府や軍関係者および資本家は迫害の対象となり、ヴィは母と三人の兄とともに船に乗り、マレーシアまで辿りつく。ベトナムを逃れたボートピープルの数は第一陣では一九七九年頃がピークと言われており（その後、一九八〇年代後半にも一時増加）、作家キム・チュイも一九七八年に祖国を離れた一人である。海賊に襲われたと語る老婆の話を聞かせまいと掘立小屋から追い出されたヴィの姿は、作家自身の姿を思わせる。

マレーシアの難民キャンプに、しかしヴィの父親の姿はなかった。現実を直視することから逃げ続ける夫に、はなから相談することを諦め、何も言わずに彼一人を残して母は祖国を去る決心をしたのか、あるいは共に祖国を離れる決断を受け入れてもらうことが叶わなかったのか、本文で明らかにされることはない。小説は、ベトナムに残り今や施設に身を寄せるまでに変わり果てた父との再会を、ヴィが決意したところで閉じられている。

フランス語が話せて、選定会議の際に通訳を務めた母のお陰で、母子はカナダ政府に移民として迎えられることとなり、フランス語を唯一の公用語とするケベック州で、新しい生活をまさにゼロから始めることとなった。本作は若き祖父母の出会いから始まり、ヴィが祖国を離れ、マレーシアでのキャンプ生活を経てケベックでの新たな人生をスタートさせ、再び弁護士となって北ベトナムを訪れ、任期を終えようとする「今日」までが描かれている。その舞台はおもに幼くして別れを告げた祖国ベトナムであるが、断章にはベトナム以外にも、難民キャンプで過ごしたマレーシア、第二の祖国となったカナダ、さらには中国、ベルギー、日本、デンマーク、アメリカ、イタリア、ドイツ、ブラジル、カンボジア、フランス、イギリス、ミャンマー、台湾、シンガポールの都市や町の名前が付されている。生態学兼鳥類学者であるヴィの恋人ヴァンサンが愛する鳥たちのごとく、読者もまた断章とともに自由に国境を越え、時空を超える旅へと誘われる。物語は年代を追いながら時間軸に沿って紡《つむ》がれるが、バガンからケランヌ、シンガポールからソム・チュアへと唐突に移動するヴィの道連れとなった私たちは、地理的感覚をときに失ってしまうことだろう。命からがら逃げだした七〇年代の祖国と、九〇年代と思《おぼ》しきベトナムでの任務に至るまでに流れた二十年間が、トンキンスープの味の逸話に凝縮されてしまうことに時間感覚も失わずにはいられない。グローバル社会である二十一世紀においては、この時空的な距離感の喪失こそが、共有され得る体験となるのかもしれない。一度は別れを告げた祖国が、記憶のなかで風化するのではなく「緩慢」な「変化」を遂げていることをヴィは体感し、否定することなく、また肯定するでもなく、ただ見つめ続ける。

そこに葛藤がないわけではない。「南ベトナム兵士の霊に背信する」娘を育てたことで、母が批判を受けていることをヴィは知っている。「最後に母のもとを訪れたとき、私が北ベトナムで新たに学んだ単語を北部訛りで発音するたびに、母の寿命は少しずつ縮んだこと」を、ヴィは感じている。しかしこの二十年間の重みを、自らのあらゆる感情と葛藤に蓋をすることで、いとも軽やかに受け止めてしまう姿に、ヴィの強さと現代性が凝縮されているように感じられてならない。この軽やかさがなければ、ヴィが父と対面することは不可能ではなかったか。時空の重みをある種消し去ることでしか、父と再会することを決意する術はない。こうして目の前にある現実へと進む一歩を踏み出すために、時間と空間の重量を失わせる作業が、チュイのエクリチュールを普遍性へと開いてゆく。彼女の小説は、読者の暮らす土地も、国籍も、生きる時代も、年齢も選ばない。

小説のなかで言及されている二十世紀を代表するフランスの女性作家マルグリット・デュラスも、一九一四年にサイゴンの郊外ザーディンで生まれた作家だが、母国フランスへ帰国後、デュラスがインドシナの地に再び足を踏み入れることはなかった。彼女の描くインドシナは、ときに美しく、ときに醜く変貌しながら、作家の記憶のなかにあり続け、アップデートされることはない。いっぽうデュラスを敬愛する二十一世紀の作家キム・チュイが描く祖国は、グローバル社会のなかで人生の偶然により改めて出会い、経験を更新してゆく場所となる。二人の女性作家は、まったく異なる形で、ベトナムを舞台とした恋愛小説を描いたことになるだろう。

作家キム・チュイを生んだケベックは、フランス語圏諸国の連帯において、今日重要な役割を担っている。キム・チュイに第二の人生を約束したケベックの特異な歴史について理解しておくことは、本書を理解するうえでも重要だと思われるので、一言触れておきたい。英語とフランス語の二言語を国の公用語として掲げるカナダにおいて、フランス語のみを唯一の公用語とするケベック州は、北米におけるフランス語・フランス文化継承の拠点となっている。かつて一六〇八年にサミュエル・ド・シャンプランがこの地に要塞を築いたことでフランス領となったケベックだが、一七六三年のパリ条約によってイギリスに割譲される。しかし一七七四年にイギリスがケベック法を制定したことで、カトリック信仰、フランス民法、フランス語の継続使用が認められることとなった。ケベックの特異性をもっとも象徴するのが、その外交権にあると言えるだろう。一八六七年の英領北アメリカ法の発効にともない近代国家カナダ連邦が誕生するが、当時外交権はイギリスにあった。一九八二年、イギリス議会によるカナダ法の制定にともないカナダ憲法が制定されると、ケベック州議会は批准せず、これを根拠として現在もなおケベックは外交権を主張している。外交権は、カナダ連邦の一州でありながら、ケベックがフランス語圏諸国との連帯において、その存在感を示すことができる大きな要因となっている。

フランス語は世界五大陸で話される言語である。一九六二年にセネガルの初代大統領であり詩人でもあったサンゴールにより、アフリカのフランス語圏諸国を中心としたフランス語圏共同体「フランコフォニー」の連帯が提唱される。当初、新たな植民地主義を目指しているのではないかとの批判を懸念して参加に消極的だったフランスに比べ、ケベックの果たした役割は大きく、アフリカ諸国にとってもまた、旧宗主国であるフランスとの関係に比べ、負の歴史を持たないケベックに対する期待は大きかった。幸いにもこの時期に近代化を遂げたケベックは、フランコフォニー・サミットの発足に向けた準備段階から連帯へ向けて積極的にかかわってゆき、フランスにも参加を働きかける。ケベックに後押しされる形でフランスも重い腰をあげ、念願の第一回フランコフォニー・サミットが一九八六年にヴェルサイユで開催されると、翌八七年にはケベックで第二回サミットが開催された。

一九六〇年代のケベックは「静かな革命」の真っただ中にあり、この時期ようやく近代化を遂げる。それまで長期政権となったデュプレシ州首相の独裁体制のもと、カトリック文化を柱とする農村厚遇策が推し進められていたが、一九六〇年に自由党のジャン・ルサージュが政権に就くと、教育改革に続き、電力州有化などの経済システムの再構築がはかられた。さらに一九七六年に独立を唱えるケベック党が政権に就くと、翌七七年にフランス語憲章が制定され、フランス語の使用が義務づけられることとなった。これをきっかけに、富裕層であった英系カナダ人の多くがケベックを離れ、大手企業も撤退した。大きな痛みを伴ったフランス語憲章だったが、ケベックの人々にとってアイデンティティ転換の一大契機となる。それまでフランス系カナダ人というアイデンティティを有していたケベックの人々が、以降ケベック人として自らを認識するようになる。キム・チュイがカナダに渡ったのは一九七八年のことであったから、まさにフランス語憲章制定の翌年となり、ケベックが新たな歴史をスタートさせたばかりの時期と重なる。

ケベック文学の動向については『小川』の「訳者あとがき」に詳しいが、一九八〇年代から移民作家の活躍が目立つようになり、「移動文学」として注目される。一九七七年のフランス語憲章以降、ケベック人というアイデンティティの根拠が、フランス系カナダ人というルーツによってではなく、フランス語を話し、フランス語を公用語とするケベックで暮らす選択によるものとなったことは、移民作家の作品にも大きな影響を与えていると考えられる。『小川』の訳者である山出氏が指摘するように、移民作家の描くケベック社会を捉える眼差しが、外側の視線から内側の視線へと変化し、溶け込むことのできないケベック社会へのルサンチマンを描いたものから、ケベック社会に対し多様性を付与するような創造的視点へと変化している。

カナダは世界的に見てもいち早く多文化主義を掲げた国として有名だが、ケベックでは多文化主義とは一線を画す間文化主義が提唱されている。多文化への理解を重視するカナダの政策に対し、ケベックの間文化主義は多文化の受け入れにとどまらず、これを統合し、取り入れながらケベック社会全体を改変させてゆくことを目的とする。しかしそこには、こうした大義名分のほかに、多文化を一様に重視する多文化主義ではフランス語・フランス文化を守ることができないケベックの切実な事情も見え隠れする。北米の地にありながら、フランス語というマイナー言語を英語に対して守り続けることは容易ではない。いかに地域の固有性を継承しながら多様性に対して開かれるべきか、間文化主義はケベックに留まらぬ、ローカルとグローバルの狭間で生きる私たちの身近な問題とも通底している。

しかし、だからこそ一方で、この未知の挑戦が移民作家にとって創造空間として作用していることは疑いようがない。間文化主義は、マジョリティとマイノリティの狭間でケベック社会をみつめる移民作家の姿と酷似しており、このような追求の場が創造をもたらす土壌となって、キム・チュイをはじめとする移動文学の担い手たちの文学創造を可能にしていると言えよう。第二の母語となるフランス語で執筆をする移民作家にとって一作一作が、言葉を通じて祖国とケベックの文化差異を見つめ直し、両者を相対化させながら、ケベック社会に新たな独自性を寄与する挑戦の場となっている。

本書の翻訳に際して、快くオンライン・インタビューに応じてくれた作家キム・チュイ氏に感謝を述べたい。雪に包まれた自宅から、日本とケベックを隔てる十四時間の時差にもかかわらず、長時間にわたる質問に答えてくれた。偶然による幸運から、訳者は作家が招聘来日するたびに通訳を務めることができた。そして彼女の言葉が多くの人々の琴線に触れるさまを目の当たりにしたが、私自身もその一人であることは言うまでもない。会場は、一言も聞き逃すまいとする聴衆で静まり返り、時おり織り込まれるチュイのユーモアで笑いが沸き起こった。彼女の文学も美しいが、彼女が口にするその言葉もまた美しい。また、細かなフランス語の疑問に根気よく付き合ってくれた同僚のオレリアン・サバティエ氏と、英訳と比べながら貴重な助言をいただいた編集者の朴洵利氏の存在がなければ、この翻訳はとうてい不可能であったことを申し添えたい。原文の美しさに唸りながら、日本語の同等表現に充てていく作業を繰り返したが、チュイの文体の持つ儚さと輝きが日本語訳にも留められたとしたら幸いである。

本書はケベック文化産業促進公社（SODEC）の助成を受けた。ここに厚く御礼申し上げる。

二〇二一年八月
訳者識

【著者について】

キム・チュイ　KIM THÚY

1968年、ベトナムのサイゴン（現ホーチミン市）に生まれる。10歳のときにボートピープルとして家族とともにベトナムを去り、マレーシアの難民キャンプを経てカナダへ移民。モントリオール大学で学位取得後に、裁縫師、通訳、弁護士、レストラン経営などを経験し、2009年にデビュー作*Ru*を発表。同作でカナダ総督文学賞など数々の文学賞を受賞する。2018年には、ノーベル文学賞の代替賞であるニュー・アカデミー文学賞の最終候補者4名に残った。

【訳者について】

関末玲（せき みれい）

立教大学外国語教育研究センター准教授、日本ケベック学会幹事長。立教大学とパリ第3大学にて博士号を取得（文学博士）。主な著書に『マルグリット・デュラス〈声〉の幻前』（共著、水声社、2020年）、『Marguerite Duras: Passages, croisements, rencontres』（共著、Éditions Classiques Garnier、2019年）、『フランス語ほんとうに必要なところをまとめました。』（単著、ベレ出版、2018年）などがあり、キム・チュイに関する論文も多数執筆。

ヴィという少女《しょうじょ》

2021年9月10日　初版第1刷　　定価はカバーに表示してあります。

著者　キム・チュイ
訳者　関　末玲
発行者　河野和憲

発行所　株式会社　彩流社

〒101-0051　東京都千代田区神田神保町3-10　大行ビル6階
TEL 03-3234-5931　FAX 03-3234-5932
ウェブサイト　http://www.sairyusha.co.jp
E-mail　sairyusha@sairyusha.co.jp

印刷　モリモト印刷㈱
製本　㈱難波製本
装幀　仁川範子

乱丁本・落丁本はお取り替えいたします。　ISBN 978-4-7791-2771-7 C0097